集英社オレンジ文庫

ホテルクラシカル猫番館

横浜山手のパン職人《ブーランジェール》3

小湊悠貴

本書は書き下ろしです。

Contents

本文イラスト／ｍｏｍｏ

ホテル クラシカル 猫番館

横浜山手のパン職人《ブーランジェール》3

Check In

ことのはじまり

『このたび、ついに念願のブーランジェリーを開くことになりました。
オープンした暁《あかつき》には、ぜひ一度足を運んでいただけると嬉《うれ》しく思います』

「ここか……」

秋が深まりつつある、十月の後半。手にしていた葉書から顔を上げ、秋葉洋平《あきばようへい》は目の前の建物をまじまじと見つめた。

東京は吉祥寺《きちじょうじ》の路地裏に位置する、三階建ての商業ビル。その一階に、製菓専門学校で世話になった講師が経営するパン屋《ブーランジェリー》があった。情報誌やネットで紹介されたおかげか、オープンから半月が経過しても、お客の入りは上々のようだ。

こうして観察している間にも、ドアが開いて紙袋をかかえた女性が出てきた。

店のロゴが入った袋からは、こんがり焼けたバゲットの先がのぞいている。たしか何年も試行錯誤《さくご》を重ね、ようやく理想の形と味に仕上がったという逸品だ。

数多《あまた》のパン職人が抱く夢。それはやはり、自分の店を持つことだろう。

どれだけ古くて狭かろうと、そこは本人にとって、何にも代えがたい城なのだ。もっとも、講師の店は古くも狭くもなく、外観もきれいで洒落《しゃれ》ているけれど。

　葉書をボディバッグの中にしまった秋葉は、つばの位置が少しずれていた帽子をかぶり直した。いまはあまり知り合いとは会いたくないのだが、講師にはきちんと挨拶《あいさつ》して祝いの言葉を伝えたい。そんなことを思いながら、ガラス製のドアを開ける。

「いらっしゃいませ！」

　パンが焼ける香りで満たされた店内は、思った以上に混雑していた。

　床は無機質なタイル張りだが、平台や陳列棚は木製で、自然なぬくもりを演出している。中央にしつらえた台の上には、カゴに入ったバゲットやバタールといったフランスパンが並べられ、菓子パンや惣菜《そうざい》パン、食パンは窓側と壁際の棚に陳列されていた。

　レジの奥には厨房《ちゅうぼう》があるのだろう。ブーランジェリーとは生地をこねて発酵《はっこう》させ、成形して焼成する、これらの過程をすべて行う店を指す。工場でつくられた生地を使ったり、別の場所で焼いたパンを売ったりするわけではないから、設備もそろっているはずだ。

店頭では、ユニフォーム姿の女性スタッフが、焼き立てのベーコンエピをせっせと並べている。レジ前には、パンを載せたトレーを手にしたお客がずらりと並んでいた。

「どれもおいしそうだね。何にしようか」

「ママー、くまちゃんのパンがあるよ！　買ってー」

にぎわう店内を見回してから、秋葉は木目調のトレーとトングを手にとった。

まず興味を惹《ひ》かれたのは、全粒粉《ぜんりゅうふん》から起こしたルヴァン種を使い、砕いたくるみとドライイチジクを加えたというパン。基本の材料に砂糖や油脂《ゆし》を加えたソフトフランス系のパンに、博多《はかた》の明太子とバターを練りこんだ明太フランスもおいしそうだ。

（おお、ブールもある。これは欠かせないな）

ブールは「球形のもの」といった意味を持つ、伝統的なフランスパンの一種だ。自家製のチーズソースを包んで焼き上げたというそれを、秋葉はいそいそとトレーに載せた。

（あとは何か甘いものを……）

視線を動かした秋葉の目に、「十月限定」と記されたポップが飛びこんできた。

限定品と聞けば、ほしくなるのが人というもの。ハロウィンを意識しているのか、見た目は小さなカボチャのよう。説明書きによると、つややかな表面にはパンプキンシードがあしらわれ、中にはカボチャの果肉を使用した餡《あん》が詰まっているそうだ。

カボチャあんパンは人気なのか、残っていたのはあとひとつ。

ロックオンしたその瞬間、横から別のトングが伸びてきた。秋葉よりもはやく動いたのは、隣に立っていた若い男性だ。彼はスマートな動作でパンをつかみ、自分のトレーの上にそっと載せる。

(くそ、出遅れた)

未練がましく見つめていると、相手に気づかれてしまった。

年齢は二十四になる自分と同じか、少し上くらいだろう。身長もあまり変わらず、やや垂れ気味の目尻と口角の上がった口元が、人なつこそうな印象を与えている。

質のよさそうなジャケットをはおった彼は、おもむろに秋葉の顔とカボチャあんパンを見くらべた。小首をかしげ、「もしかして」と声をかけてくる。

「このパンをお求めでしたか?」

「いえ別に」

やたらと丁寧な口調に戸惑いつつも、否定してうつむく。興味はあったが、さすがに初対面の相手から譲ってもらうほど図々しくはない。

秋葉から視線をはずした男性は、今度は反対側に立つ女性に話しかける。

「ところで、サラさんはいつまでそこに突っ立ってるの?」

――サラ？

秋葉の眉がぴくりと動いた。わずかに体をずらし、さりげなく女性を観察する。

ほっそりとした体つきの彼女は、ベージュ色のセーターに、丈の長い焦《こ》げ茶色のタイトスカートを身に着けていた。身長は一七〇近くに見えたが、ヒールのついたブーツでいくらか底上げされているようだ。栗《くり》色の髪の毛は、耳の下でふたつの団子に結んでいた。

そこまではわかったが、こちらを向いていないせいで肝心の顔がよく見えない。けれどなんだろう。なぜだかとても嫌な予感がする。

「クロワッサンがそんなにめずらしい？　毎日飽きるくらい見てるのに」

彼女がうっとりしながら見つめていたのは、パン屋であればほぼ確実に置いてあるであろう、定番の商品だ。それでも彼女はクロワッサンから目を離すことなく、「何を言っているんですか」と反論した。

「わたしがパンに飽きるなんて、天地がひっくり返ってもありえません」

「無駄にスケールが大きいな」

「それよりカナメさん、見てください。この絶妙な焼き加減と、芸術的な美しいフォルムを……！　ああ、いますぐにでも頬張《ほおば》りたい。そして繊細な層の歯ざわりを、じっくり噛《か》み締めてたしかめたい……」

「会計が終わったら、好きなだけ味わえばいいよ。いまはだめだけど」

興奮して声をはずませる女性に、男性がにっこり笑って釘を刺す。

「あと、いつまでもそこにいたら邪魔だよ。ほかの人がとれない」

「はっ！　す、すみません」

我に返った女性が後ずさりをして、男性のほうに視線を向ける。彼女の顔がはっきり見えたと同時に、衝撃が秋葉の体を貫いた。頭の中で記憶がはじける。

（サラ……高瀬紗良《たかせさら》か！）

忘れもしないその名前。とたんに心の底からこみ上げてきた感情をおさえ、秋葉は不自然にならないよう、ふたりから少しずつ距離をとっていく。

「いくつ買うの？」

「ええと、自分で食べるものと、研究用にひとつずつ。あとはコナツさんとおじさまにもお土産《みやげ》にしようかな。アマミヤさんにはどうしましょう」

「あの人、カロリーの高いパンは控えているみたいだよ。体質改善中なんだってさ」

「なるほど。もし差し入れする場合は、脂肪ではなく筋肉になるものがよさそうですね」

彼女はこちらの存在に気づくことなく、形を崩さないよう、クロワッサンをトレーの上に載せる。そしてカナメなる男性とともに、会計を待つ人々の最後尾に並んだ。

ふたりが離れると、秋葉は張り詰めていた息を吐き出した。

——まさかこんなところで、よりによって高瀬紗良と遭遇するとは。

(それにしても、あの男はなんだ。彼氏か?)

彼女は客観的に見て、顔立ちやスタイルはいいほうだと思う。実家は鎌倉《かまくら》だかどこかにある名家だし、言い寄る男がいてもなんら不思議ではない。あいかわらず悩みなど何もなさそうで、きっといまでも昔と変わらず、充実した生活を送っているのだろう。

動揺する自分を落ち着かせながら、秋葉は店内を回って時間をつぶす。極力あのふたりの視界に入らないようにして、彼女たちが出て行ったら会計をすればいい。

そう考えていたのだが——

「おお、誰かと思えば高瀬さん! 来てくれたのか」

「あ、先生! ご無沙汰《ぶさた》しております」

スタッフ用の出入り口からあらわれたのは、講師もとい店主の男性だった。大手チェーンのベーカリーで働くかたわら、専門学校の製パン科で実技講師として、未来の職人たちを教育していた人である。彼は高瀬紗良との再会をよろこび、笑顔で会話をはじめた。

「このたびはお店のオープン、おめでとうございます。お葉書をいただいたときは嬉しくて、うかがうのを楽しみにしていたんですよ」

「葉書は住所がわかる子たちに送ったんだ。高瀬さんのほかにも何人か来てくれてね」

「そうなんですね。お店の外観も内装も素敵だし、おいしそうなパンばかりでどれにしようか迷っちゃいました。あ、ところで先生は来週の同窓会、参加されます？」

「いやー、残念ながら予定が合わなくて。高瀬さんは行くのかい？」

「ええ。運よくお休みがとれたので。久しぶりだから楽しみです」

「卒業からもう三年半になるのか……。みんなに会ったら、僕がよろしく言っていたと伝えておいてもらえるかな」

　しばらくして話が終わり、ようやく彼女たちは店をあとにした。

　ほっとした秋葉は、少し時間を置いてから会計をすませる。店主は多忙のようで、彼女と別れてからすぐ、裏のほうに戻ってしまった。できれば話したかったが、わざわざ呼び出して仕事の邪魔をしたくなかったので、残念に思いつつも外に出る。

「ありがとうございましたー」

　能天気な店員の声が耳ざわりで、不愉快さが増す。京王《けいおう》線の駅に向かって歩いている間にも、脳裏にさきほどの光景がちらついた。

（あいつさえいなければ、俺が先生と話せたはず）

　卒業で離れられたと思ったのに、なぜいまさら自分の前にあらわれる？

彼女は卒業後、下町の小さな個人ベーカリーに就職したと聞いたが、いまでもそこで働いているのだろうか。表情は昔と変わらず、明るく生き生きとしていたし、連れの男が彼氏だとしたら、私生活も順調だということになる。

今度はこらえることができず、秋葉はギリッと奥歯を嚙み締めた。再度、心の底からこみ上げてきたのは、昔とまったく同じ感情だ。

——ああ、苛々《いらいら》する。

秋葉は歩みを止めた。不穏な気持ちとまとわりつく残像を払うように頭をふる。

思わぬ遭遇にうろたえてしまったが、あれはただの偶然だ。彼女とはもう、いっさいかかわることはないはずだと信じたい。

「……ん？」

なんとか気をとり直したとき、チノパンのポケットにねじこんでいたスマホが音色を奏でた。アプリのメッセージを受信したようだ。

何気なくスマホを引っぱり出した秋葉は、まだ気づいていなかった。

届いたばかりのメッセージ。それがのちに、自分と高瀬紗良をふたたび結びつけることになろうとは。

一泊目

パン職人《ブーランジェール》と
パン職人《ブーランジェ》

Boule

しんと静まり返った、深夜の厨房《ちゅうぼう》。

調理台の上に置かれた焼き立てのパンを前にして、高瀬紗良《たかせさら》は深く悩んでいた。

「うーん……」

「……」

「これじゃない……」

「………」

「もっとこう、何か………」

「――おい」

スツールに腰かけ、うなりながら頭をかかえていた紗良は、突如として響いた低い声に驚き「ひいっ」と肩を震わせる。おそるおそるふり返ると、コンロの前には不機嫌な顔をした白熊――もとい、白いコックコート姿の天宮隼介《あまみやしゅんすけ》が立っていた。

「あ、天宮さん。いらしたんですね」

「さっきからずっといる。人の存在を忘れるとはいい度胸だ」

「すす、すみません。ちょっとその、物思いにふけっていたもので」

大柄かつ強面《こわもて》の料理長にギロリとにらみつけられ、紗良はしどろもどろに答えた。迫力満点の表情にも慣れたつもりでいたけれど、不意打ちされるとやはり怖い。

ストックしていた鶏のブイヨン《ブイヨン・ド・ヴォライユ》が少なくなってきたそうで、隼介は補充用のそれを仕込んでいた。別名「白い出汁《フォン・ブラン》」とも呼ばれており、仔牛の骨や肉、香味野菜を煮出してつくるフォン・ド・ヴォーと並んで、フランス料理の基本となる出汁《だし》なのだという。

隼介がつくっているのはいわゆる鶏《とり》ガラスープなのだが、本格的なものはかなりの時間を要する。隼介が仕込みをはじめたのは、たしか十六時ごろだった。そしていまは二十二時を過ぎている。もちろんそれだけに集中していたわけではなく、ほかの仕事と並行していたのだが、寸胴鍋《ずんどう》はその間ずっとコンロの火にかけられていたのだ。

「さっきから見ていれば、なんなんだ？　ひとりでブツブツうっとうしい」

「うっ……」

あいかわらず容赦《ようしゃ》がない。紗良はしょんぼりと肩を落とした。

ここは港町横浜《よこはま》を見下ろす高台に位置する、かつての外国人居留地、山手《やまて》。

異国情緒あふれるレンガ造りの西洋館、ホテル猫番館《ねこばんかん》の専属パン職人として紗良が働きはじめてから、じきに八カ月になろうとしている。ローズガーデンの薔薇《ばら》は秋の見頃を迎え、宿泊予約は料金が高いスイートルームをのぞき、先月から満室が続いていた。

厨房勤務のスタッフには契約社員やアルバイトもいるが、正規の社員は紗良と隼介、そして叔父の誠《まこと》だけ。その中でも、紗良はもっとも年下の新参者だ。

厨房で働く女性は自分だけだったので、最初は不安も大きかった。

　幸いなことに、パティシエは気心の知れた叔父だし、隼介の部下であるもうひとりの料理人ともそれなりにうまくやれていると思う。隼介は不愛想でとっつきにくい人だが、誰に対してもそうなので、元からの性格なのだろうけれど……。

「……それで？」

「え？」

　きょとんとする紗良に、腕組みをした隼介が続ける。

「何が『これじゃない』んだ？　悩みがあるならさっさと話せ」

「天宮さん……！」

「勘違いするな。いつまでも辛気《しんき》臭い顔をされたら、こっちまで士気が下がるだろうが」

　隼介はフンと鼻を鳴らした。毒づきながらも話を聞いてくれるらしい。

　仕事に妥協は許さないし、自分にも他人にも厳しい人だけれど、ふとした瞬間に見せる優しさは本物だと思う。自然と口元がゆるんだが、目の前に立ちはだかる壁を思い出した紗良は、神妙な面持《おもも》ちで口を開いた。

「実はいま、販売用の新作パンを考えているんです」

「喫茶室で売っているやつか」

「はい。一月からラインナップを変更しようと思いまして」

猫番館の一階には、ローズガーデンに面した喫茶室がある。叔父がマスターとして経営を担当しており、厨房で焼いたケーキやタルトを販売しているのだ。宿泊客でなくても入れるし、レトロな純喫茶で絶品スイーツを楽しめるということで人気が高い。

持ち帰り用のケーキと一緒に、紗良がつくったパンも売ってみようと提案したのは、オーナーの息子でコンシェルジュの本城要《ほんじようかなめ》だった。これをきっかけに、パンのほうにも注目してもらえたらと思い、数種類の商品を置いてもらっている。

「このまえ、要さんからここ三カ月の売り上げデータを見せてもらったんです。売れ行きがいいものは引き続き販売するけど、採算がとれない商品は見切りをつけて、別のパンを考えてくれないかと言われて」

「商売なんだから当然だな。何がいちばん売れたんだ?」

「それはもちろん、黒糖くるみあんパンです。なんたって看板商品ですから」

紗良の脳裏に、お世話になった師匠の姿が思い浮かぶ。

病気で引退してしまったが、黒糖くるみあんパンは数カ月前、師匠からじきじきに伝授された。専門学校を卒業したばかりで、右も左もわからない未熟な自分に、パン職人に不可欠な知識と技術、そして心構えを叩きこんでくれた恩人だ。

黒糖くるみあんパンは、そんな師匠から受け継いだ大事な一品。師匠に恥じることがないよう、気合いを入れてつくっている。

オーナーの人脈を使って地元メディアで宣伝してもらったり、試食品を配ったりしてアピールしたおかげで、知名度は少しずつ上がっている。近隣の店では売っていないこともあり、売り上げは堅調。今後の伸びも大いに期待できるだろう。

「でも、それ以外の菓子パンは不調で……」

紗良は大きなため息をついた。要との会話がよみがえる。

『りんごと紅茶のパンは、採算ラインぎりぎりだな。ほかの三種は完全に赤字だ。黒糖くるみあんパンでカバーしているとはいえ、好ましい数字とは言えない』

『申しわけありません……』

『でも、塩バターロールや食パン、サンドイッチの売り上げは悪くないね。これらのデータに鑑《かんが》みて、新しいラインナップを検討してもらえないかな。できれば年内に』

『わかりました』

話を聞き終えた隼介は、「なるほどな」とうなずいた。

「喫茶室の客のほとんどは、飲み物と合わせてデザートを注文している。帰り際に土産《みやげ》を買おうとしても、菓子パンには食指が動かないんだろう」

「デザートで満足しているから、甘いものはもういらない？」

「そういうことだ。それに見たところ、いまのラインナップはあんパン以外、どこの店でも買えそうなものばかりだ。見目がいいケーキとくらべればどうしたって霞《かす》むし、集客力も弱いと思う。そのあたりが敗因かもしれないな」

「テイクアウトのお客さまも、お目当ては叔父さまのケーキですものね……」

丹精こめて焼いたパンが、何個も売れ残っているのを見るのは悲しい。

だからこそ、今度はそんな思いをしないよう、お客に興味を持ってもらえるようなパンをつくらなければ。それに隼介が言った通り、商売である以上、売り上げを無視するわけにはいかない。それもまた、パン職人としての大事な仕事なのだ。

(落ちこんでいてもしかたがない。いまは自分のできることをやらないと)

奮起しかけた紗良だったが、すぐに「でも」と表情を曇《くも》らせる。

「なかなかぴんと来るものがないんです。オリジナリティを追求して、いくつか試作してはみたんですけど……。見栄えのいいものは手間がかかりすぎるし、素材にこだわりすぎてもコストオーバーになっちゃって」

「そこにあるパンは？」

「これですか？　ブールですよ」

紗良と隼介の視線が、調理台の上に置いてある丸型のパンにそそがれる。

「ブールといえば伝統的な……パン・トラディショナルだったか」

「ええ。材料はバゲットと同じですよ」

ブールは小麦粉と酵母《こうぼ》、食塩と水だけでこね上げていく、シンプルなリーン系のパンである。砂糖や卵、乳製品などは使わないため、味わいは素朴で淡白。そのぶん素材の風味をダイレクトに感じられるし、外皮《クラスト》と中身《クラム》の食感の違いも楽しむことができる。

　棒状のバゲットやバタール、パリジャンなどとは異なり、ブールは丸く成形し、クロスカットの切れ目《クープ》を入れて焼き上げる。さきほど紗良が試作品として焼いたのは、直径十五センチほどの大きさで、表面のクープもきれいに割れていた。

「食事パンのほうが人気だとわかったので、菓子パンを減らしてフランスパンを加えてみようかと。つくるのに時間はかかりますけど、一種類ならできそうかなと思って」

「試食してもいいか」

「もちろんです」

　紗良はパンナイフでブールを切り分け、隼介に手渡した。一口かじった彼は、その食感と味をたしかめるように、ゆっくりと咀嚼《そしゃく》する。

「味もバゲットと同じだな」

「でも食感は違うでしょう。クラストは薄めだから、バゲットよりもやわらかく感じると思います。クラムもふんわりしていますし」

「この大きさなら、中をくり抜いてシチューやカレーを入れてもいいかもしれない」

「そういう食べ方もありますね。サンドイッチにしても合いますよ」

「食感と味は特に問題なさそうだな。いったい何が引っかかっているんだ?」

視線を向けられた紗良は、「オーソドックスだからこそ」と答える。

「何かこう、ひとつでもいいから特色がほしいんです。セールスポイントとでも言いますか、猫番館ならではの何かが」

「……猫の形にするとか?」

「意外にも可愛《かわい》いアイデアが!　でもハードパンでそれはむずかしいかと……。菓子パン用の生地で試してみましょう」

言いながら、紗良は残りのブールをラップに包んだ。

ホテルに隣接する従業員寮には、共用のキッチンがある。自由に食べられるようメモとともに置いておけば、誰かの朝食になるだろう。

「さてと、そろそろ帰ろうかな。天宮さんはまだ残られるんですか?」

「せっかくだから、リエットのストックも仕込んでおく」

リエットとは、食材をラードなどの脂《あぶら》を加えて煮込み、ペーストのような状態にした保存食だ。主に豚肉《ぶたにく》が使われており、バゲットに載せて食するのが王道である。

「もう夜も遅いですし、無理しないでくださいね」

「その台詞《せりふ》はそっくり返す」

「明日はお休みなので夜更かしできるんです。もしかして天宮さんも？」

「ああ。こういうとき、寮がすぐそこにあるのは楽でいい。一分もあれば帰れるからな」

「そうですね。研究用に厨房も使えて助かります」

微笑《ほほえ》んだ紗良に対して、隼介はあいかわらずにこりともしない。しかしそれが彼の素なのだとわかっていたし、相談にも乗ってくれた。見た目ほど怖くも冷たくもない人だというのは明らかだ。

「では、お先に失礼します」

隼介に向けて頭を下げた紗良は、ブールの包みを手にして厨房を出た。


翌日の十六時過ぎ。紗良は出かける支度をすませ、寮の自室をあとにした。

ホテルの敷地内にある従業員寮は、二階建ての古い洋館だ。中はリノベーションされているので現代的。各部屋にシャワールームとお手洗いがついており、エアコンも完備されているため快適に過ごせる。入居は単身者に限るのだが、これで月々一万五千円（光熱費込み）なのだから、独身の叔父が住み着いているのもうなずける。

浴槽がないことは残念だったが、みなとみらい21地区の大観覧車の近くには、大きなスーパー銭湯がある。ここからさほど遠くはないので、月に一度は足を運んでいる。広々としたお風呂や岩盤浴で疲れを癒《いや》してから、最後は最上階の展望足湯でライトアップされた美しい夜景を見ることを楽しみにしていた。

しかし、今日の外出先はそこではなく――

「紗良さん、いまから出かけるの？」

階段を下りて共用リビングに入ると、要が声をかけてきた。

彼も今日は休みらしく、ソファに座ってのんびり映画を観ている。かと思いきや、要の膝《ひざ》の上にはホテル猫番館の看板猫、メインクーンのマダムが当然のように上半身をあずけて寝そべっていた。要はふわふわの白い毛並みを丁寧にブラッシングしており、一方のマダムはリラックスした様子で目を閉じている。

「ふふ。気持ちよさそう。本当に要さんのブラッシングが好きなんですね」

「なんとかよろこんでもらいたくて、必死に技術を磨いたおかげだよ」

優雅で気位が高いマダムは、世話をしている要のことを下僕とみなし、いつもつれない態度をとっている。そこがまた可愛いと言って、当の要はデレデレなのだが。

「ちょっとそこまで……って感じじゃないな。いつもより服装に気合いが入ってる」

「その……変ですか？」

「まさか。紗良さんはスカートがよく似合うね。下ろしたてかな」

「はい、このまえ買ったばかりで。よくわかりましたね」

「色は褪《あ》せていないし、形も崩れていないだろ。それに何日か前、休憩室で紗良さんと小《こ》夏《なつ》さんの話を聞いたから。新しいスカートを買ったって」

「そんなことまで憶《おぼ》えていたんですか」

宿泊客には細やかに気を配り、期待以上のサービスを提供する。そんな教育を受けているからか、要は他人の変化に敏《さと》い。顔色の悪さにはすぐに気がつくし、誰かが髪型やメイクを変えたときも、即座に察知して褒めている。その観察眼には舌を巻くばかりだ。

「今夜、品川《しながわ》で同窓会があるんです。専門学校の」

「そういえば、先週そんなこと言ってたね。ほら、吉祥寺《きちじょうじ》のパン屋でデートしたとき」

「誤解を招くような言い方はいけません。わたしが一緒に行きたかったのは要さんではなく、小夏さんです」

聞き捨てならない言葉に、紗良はすかさず反論する。

「残念ながら小夏さんには予定があって、しかたなくひとりで行こうとしたら、その場にいた要さんが勝手についてきたというのが事実でしょう」

「経緯はどうであれ、ふたりで一緒に出かけたら、それはデートじゃないのかな？」

「まったく違います！　とにかくそういうことですので」

「つれないな。マダムみたいだ」

要が肩をすくめると、マダムが反応した。機嫌を損ねたのか、むっとしたように彼の手を甘嚙《あまが》みする。しかし当の本人は慣れているため、涼しい表情を崩さない。

「隼介さんは昼ごろジムに行っちゃったから、夜まで帰ってこないだろうな。ほかはみんな仕事だし。これで紗良さんも出かけたらさびしいなぁ」

「そ、そこにマダムがいるじゃないですか。ひとりきりじゃありません」

(要さんはわたしをからかって楽しんでいるわけだから……。何を言われても引っかからないように気をつけなきゃ)

まんまと心を乱されてしまった自分の顔を、要がおもしろそうに見つめている。それが悔しくて目をそらした紗良の視界に、ローマ数字の壁かけ時計が飛びこんできた。思いのほか時間が過ぎていたので「そろそろ行きますね」と言ってドアに向かう。

「車、駅まで出そうか？」

「大丈夫ですよ。運動がてらに歩きます」

「行ってらっしゃい。楽しんでおいで」

不意打ちの優しい声にどぎまぎしながら、紗良はそそくさとリビングをあとにした。


にぎわう繁華街をさまよっていると、前方から救いの声がかけられた。

「あ、高瀬さん！　こっちこっち！」

視線の先にあったのは、小さな会社や飲食店が入っているテナントビル。一階のコンビニの前でこちらに手をふっていたのは、見知った顔の女性だった。さっぱりとしたショートカットの彼女は、同じ製菓専門学校で二年間、ともに学んだクラスメイトだ。

ほっとした紗良は、小走りで彼女のもとに近づいていく。

「遅れてごめんなさい。駅を出たら迷っちゃって」

「やっぱり！　そうじゃないかなーって思ってたんだ。ここ、ちょっとわかりにくいところにあるよねえ。幹事に伝えておかなきゃ」

「もうみんな集まってる？」

「うん。高瀬さんで最後」

（ああ……やってしまった）

土地勘のない場所なのだから、もっと時間に余裕を持っておけばよかった。肩を落とす紗良に「気にしないで」と笑いかけた彼女は、ビルの中に入ってエレベーターに乗り、六階のボタンを押した。その飲食店が会場なのだ。

「あの……。今日、愛美《まなみ》ちゃんは来てる？」

「片平《かたひら》さん？　欠席だよ」

返事を聞いて、複雑な気分になる。残念だと思う反面、どこかほっとしたような。

専門学校を卒業し、師匠のベーカリーで働いていたとき、紗良は彼女とアパートでルームシェアをしていたのだ。いろいろあった末、最後はケンカ別れのような形になってしまい、それ以降の交流は途絶えている。

「先生の都合もつかなかったし、残念だなー。来てくれた子たちで盛り上がろ」

「そうだね」

話をしているうちに六階に到着し、エレベーターのドアが開く。飲食店はすぐ目の前にあり、ドアノブには「本日貸し切り」というプレートが下げられていた。こういったお店にはあまり行かないので、なんだかわくわくしてくる。

「幹事が頼んで、特別に貸し切りにしてもらったんだって。小さいお店だから」

「幹事……伊藤《いとう》くんだったっけ」

「そうそう。でも今日は欠席なんだよね。代わりの幹事はいるけど……」

話をしながら、彼女は出入り口のドアを開けた。店内の注目がこちらに集まる。

「おお、最後のひとりのご到着だ」

「高瀬さん、久しぶりー」

中で飲んでいたのは、十数人の男女だった。紗良と同じ製パン科で学んだのは四十人ほどだったから、参加率は三割強といったところだろう。三年半ぶりに見るなつかしい顔ぶれに、紗良の口元も自然とほころぶ。

「まずは幹事に会費を渡してね。えーと……」

店内を見回していた彼女の視線が、隅《すみ》の席でひとりグラスをかたむけている青年のところで止まった。よく通る声が響き渡る。

「秋葉《あきば》！　高瀬さんが来たよ！」

呼びかけに反応し、彼はゆっくりと顔を上げた。

短めに切りそろえた髪型は、昔と同じ。専門学校は社会人が仕事を辞めて入学することもあるため、クラスメイトの中には年上もいたが、秋葉は紗良と同い年だ。

白いシャツの上からGジャンをはおった彼は、紗良と目が合った瞬間、不愉快そうに眉を寄せた。再会をよろこんでいるようにはとても見えず、思わずうつむいてしまう。

「ちょっと、なんでいきなりにらむわけ？　幹事ならもう少し愛想よくしなさいって」

「伊藤に押しつけられただけだ。あいつがバイクでコケて入院したからしかたなく」

「仲がいいから頼まれたんでしょ。なんだかんだ言って断らなかったくせに。やっぱり友だちならお互いに助け合わないとねー」

「うるさいな。本当は同窓会なんて行くつもりもなかったんだ」

――秋葉くんが幹事なのか……。

飛び交う会話に口を挟めず、紗良は黙って秋葉を見つめた。

彼はこういったイベントを主催するようなタイプではないのだけれど、友人の代わりということならうなずける。伊藤とは専門学校時代から仲がよかったようだし、現在もつき合いが続いているのだろう。

秋葉の実家はベーカリーを経営しており、子どものころからパンづくりの手ほどきを受けていたとか。その成果もあってか、彼の製パン技術はクラスメイトたちの中でも群を抜いていた。紗良も高校時代から師匠のもとに通っていたが、彼にはとてもかなわない。在学中の二年間、秋葉は座学も実技も文句なしのトップを守り続けたのだ。

目が合うなり嫌な顔をされたのはショックだったが、せっかく再会したのだから友好的に接したい。紗良はできる限りの笑顔を心がけ、口を開いた。

「秋葉くん、お久しぶり。元気そうで何より――」

紗良の話をさえぎるように、秋葉が右の手のひらを上にして、すっとこちらに差し出した。首をかしげていると、彼は冷ややかな声音《こわね》で言い放つ。

「会費」

「……あ、はい！」

紗良はあわててバッグを探り、財布の中から紙幣を抜き出した。無表情で受けとった秋葉は、テーブルの上に置いてあった名簿にしるしをつけ、淡々《たんたん》とした声で言う。

「飲み放題のプランだから、メニューに載っているものならなんでも頼める。料理はいま出ているぶんだけで、最後にデザートが来る予定だ。トイレと洗面所はあの観葉植物の奥にある。途中で帰る場合は俺に知らせてからにしてくれ。――何か質問は？」

「ええと、ありません」

「じゃあそういうことで」

説明を終えた秋葉は、これ以上紗良と話すつもりはないのか、ふいと視線をそらしてしまった。居心地の悪さにどうしようかと思っていると、さきほどの彼女に腕をとられる。

「高瀬さん。秋葉のことはほっといて、あっちで一緒に飲もうよ」

「あ、うん……」

安堵《あんど》した紗良は、彼女と一緒に奥のソファ席へと向かう。

「秋葉のやつ、あいかわらず高瀬さんに対してはツンツンしてたねー」

「……」

「なんでなんだろ。高瀬さん、あいつに恨まれるようなことでもした？　もしかして専門時代につき合ってたけど、最後にこっぴどくフッちゃったとか」

「まさか！　そんな関係じゃなかったよ。わたしにはまったく覚えがなくて」

「ふーむ。だったらますますわけわかんないね。ま、嫌なことはさっさと忘れよ」

女性たちの輪に交ぜてもらった紗良は、その後の時間を楽しく過ごすことができた。久しぶりに会ったということもあり、近況報告などの話に花が咲く。

「えっ。前田《まえだ》さん、製パンメーカーに就職したの？」

「開発部に配属されたんだけど、下っ端はつらいわ。嫌味ったらしい上司にこき使われてばかりだしね。でもいつかは自分のアイデアで、ヒット作を生み出してみせる！」

「私はパンじゃなくて、洋菓子のほうに進んだんだよねー。製菓のほうがパンより向いてるみたいだったから。いまは個人のパティスリーで修業の日々」

専門学校を卒業しても、全員がパン職人になるとは限らない。働く場所も個人のパン屋をはじめ、ベーカリーチェーンや関連メーカー、レストラン勤務など、バラエティに富んでいる。自分が経験したことのない職場の話を聞ける機会はあまりないため、紗良は料理やグラスに手をつけることも忘れて聞き入った。

（そういえば、秋葉くんはどこに就職したのかな……）

やはり実家のベーカリーで、後継者として修業中なのだろうか。それともどこか別の職場で働いているのか。なんとなく気になって視線を送ると、秋葉は何人かの男性と会話していた。表情はあまり動かないが、ときおり口の端を上げている。

（ほかの人の前では笑うんだ）

さきほどの冷たい態度を思い出し、どうしても気持ちが沈んでしまう。気分を上げるため、カシスオレンジが入ったグラスに口をつけたとき、隣に座っていた子に「ねえ」と話しかけられた。

「高瀬さんはいま、どこで働いてるの？」

「卒業後は葛飾《かつしか》区のベーカリーで修業していたんだけど、お師匠さまが病気になられてお店を閉めることになっちゃって……。今年の三月に横浜のホテルに再就職したの」

「そうなんだ。ホテルって不定期の募集だし、採用人数も少ないでしょ。よく入れたね」

「運よく叔父の紹介があったから。山手にある小さなホテルだよ」

「山手って、洋館が建ってるところかぁ。いい場所じゃない」

「ね、写真とかないの？」

「ちょっと待ってね……。薔薇がきれいに咲いたから、たくさん撮っちゃった」

猫番館に興味を持ってもらえたことが嬉《うれ》しくて、スマホをとり出した紗良は彼女たちにこれまで撮りためた写真を見せる。赤茶のレンガに紺《こん》の寄棟《よせむね》屋根という、クラシカルな外観はもちろん、重厚感のあるロビーや喫茶室、色とりどりの薔薇が咲くローズガーデンも美しい。どこを切りとっても絵になるので、写真は増えていくばかりだ。

「いいなー。こんなところで働けるなら楽しそう」

「私はお客として泊まりたいなぁ。庭園でアフタヌーンティーとかやってみたいわ」

盛り上がる女性たちの中心にいた紗良は、気づかなかった。

少し離れた席から、秋葉が鋭い目つきでこちらを見つめていたことに。


同窓会から数日が過ぎた、十一月のはじめ。食事休憩を終えた紗良は、夕食に出すパンの仕込みにとりかかっていた。

本日の魚介料理は、ムール貝の白ワイン蒸し。三陸《さんりく》沖でとれた肉厚の貝を、辛口の白ワインで蒸し上げる、ビストロの定番料理だ。隼介がつくるそれは、香味野菜のほかにブーケガルニも加えて香りづけをし、バターを溶かしてコクを出している。

ムール貝のエキスがたっぷり染みこんだスープは、バゲットとの相性がとてもよい。ガーリックバターを塗り、軽くトーストしたバゲットを浸して食べれば、その味わいにやみつきになること間違いなしだ。ワインのお供にもぴったりだろう。

(さてと、やりますか!)

材料と調理器具を台の上にそろえたとき、厨房にオーナーの本城綾乃《あやの》がやって来た。

貿易会社の社長夫人であり、要の養母でもある彼女は、いつも上質なブラウスとロングスカートに身を包み、品よく装っている。看板猫のマダムと同じく、そこに立っているだけで周囲が華やぐような魅力にあふれた貴婦人だ。

「お仕事中にごめんなさいね。ちょっと天宮くんに相談したくて」

「なんでしょうか?」

隼介はコック帽をとり、綾乃と向き合う。

「実はいま、厨房で働きたいって方がたずねて来ているのだけれど」

「ああ、調理助手のバイトですね。応募者がいるなら面接します」

薔薇の季節にクリスマス、そして年末年始と、猫番館の繁忙期はしばらく続く。

対策として、隼介は厨房スタッフを増員することを決め、綾乃を介して求人広告を出したのだ。調理助手の仕事は主に料理の下ごしらえで、パン生地の仕込みも手伝ってもらえる。現在のバイトはひとりだけなので、人数が増えるのならありがたい。

期待をふくらませた紗良だったが、綾乃は困ったように小首をかしげた。

「それが……希望は調理助手ではないのよ」

「どういうことです」

「その方、パン職人なんですって」

応募者の思いがけない職業に、紗良は「えっ」と声をあげた。どうしてパン職人が？

「うちには高瀬姪《めい》がいるでしょう。募集をかけた覚えはありませんが」

「そうなのだけれど……。とりあえず、詳しいことは本人から聞いてちょうだい」

綾乃が「入っていらっしゃい」と言うと、開け放たれていた厨房の出入り口から、ひとりの青年があらわれた。その顔を見た紗良は、驚きに目を見開く。

「――秋葉くん!?」

厨房に入ってきたのは、先日の同窓会で再会したクラスメイトだった。しかしなぜ、彼が猫番館にいるのかわからず、疑問符が頭の中を駆けめぐる。

「彼、紗良ちゃんと同じ専門学校に通っていたって言ったのよ。本当みたいね」

「はい、それはたしかですけど……」

戸惑っていると、隼介が前に出た。腕を組み、不躾《ぶしつけ》とも言える態度で秋葉を見下ろす。

初対面の人はたいてい、おびえて震え上がってしまうのに、秋葉はひるむことなく隼介の顔を見つめ返した。かなり肝《きも》が据《す》わっているようだ。

「秋葉といったか。オーナーから話は聞いているはずだが、いま募集しているのは調理助手のバイトだ。それに応募したわけではないと」

「はい。自分はパン職人《ブーランジェ》なので、製パンの仕事を希望します」

「そうか。でも、うちにはもうこいつがいる」

あごをしゃくった隼介は、はらはらと成り行きを見守る紗良を示した。

「オーナーの前で名前を出したんだから、こいつがここで働いていることは知っていたんだろう？　猫番館は小さなホテルだからな。わざわざ来てくれたところを申しわけないが、いまのところはひとりいれば問題ない」

「……………」

一瞬うつむいた秋葉は、すぐに顔を上げた。挑発的なまなざしを紗良に向ける。

「そういうことなら、比較してみてはどうでしょう」

「なに?」

「自分と高瀬、どちらがパン職人として有能なのか。それを試してほしいんです」

秋葉の提案に、紗良はもちろん、隼介と綾乃も驚きの表情を見せる。

「ホテルで唯一のパン職人なら、より能力の高い者が選ばれるべきだと思います。もちろん自分が高瀬より劣っているとわかったときは、潔《いさぎよ》く去りますよ」

(何をいきなり……!)

紗良は強くこぶしを握り締めた。必要なのはひとりだとわかった上で、そんなことを言い出すなんて。何を考えているのかまったくわからない。

(勝負しろと言うの?　専門学校時代、あれだけ優秀だった人と?)

競い合った結果、もしこちらが負けてしまったら?　秋葉は紗良を追い出して、自分が猫番館のパン職人になるつもりなのだろうか。まさかとは思ったが、秋葉の表情を見れば冗談でないことがわかる。彼は本気で、紗良から仕事を奪う気でいるのだ。

「あ、天宮さん……」

すがるような気持ちで、紗良は隼介のほうを見た。彼は綾乃から厨房スタッフの管理をまかされており、採用の権限も与えられている。隼介がもう一度、紗良以外のパン職人はいらないと言ってくれたら、そこでこの話は終わるのだ。

隼介と目が合うと、あごに手をあて何事か考えていた彼は、なぜか不満そうに眉を寄せた。決して好意的ではないその表情に、不安が募る。

やがて、隼介は腕組みを解いた。秋葉に向けて口を開く。

「履歴書は持ってきているか？」

「はい」

「興味が湧いた。話を聞こう」

「え……」

予想外の展開に、紗良は思わず声をあげた。隼介はこちらを見ることなく、秋葉をともなって厨房から出て行く。困惑していた綾乃は「とりあえず、紗良ちゃんは仕事に戻ってね」と言い、ふたりを追ってその場をあとにした。

残された紗良は、誰もいなくなった厨房でぼうぜんと立ち尽くす。

「どうして……」

震える声がこぼれたが、答えてくれる人はいなかった。


『秋葉には調理助手のバイトとして、しばらく働いてもらうことにした』

自分との面接を終えたのち、強面の料理長は高瀬紗良にそう言った。

『履歴書に書いてあったが、秋葉は専門学校時代に短期の海外留学を経験しているそうだな。高瀬姪、これは事実だな？』

『はい。毎年、学校側が前年の成績を見て、各科からひとりずつ選出するんです。製パン科では秋葉くんが選ばれて。わたしも行ってみたかったんですけど、秋葉くん以上にふさわしい人はいませんでしたから……』

秋葉の採用に動揺しつつも、高瀬は素直に答えた。

事実に加え、ご丁寧にこちらの評価を高めるようなことまで話すとは。人がいいというよりは間が抜けている。この能天気なご令嬢は、目の前にいるのが自分の敵だということを、本当に理解しているのだろうか？

海外への短期留学は、前年の成績が首位だった者に贈られる特典だ。期間はおよそ三カ月。学校と契約している店で、本場の技術を学ぶ。国はフランスを筆頭に、ライ麦パンが有名なドイツ、そしてデニッシュ・ペストリーの聖地であるデンマークの中から選択できたが、秋葉は王道のフランスを選択した。

費用のほとんどは学校側の負担で、現地には相談に乗ってくれる日本人もいた。おかげで留学中は勉強だけに集中することができたのだ。

（いいところのお嬢なら、親にでも頼めばどこにだって行かせてもらえるだろ）

高瀬は残念そうにしていたが、謙虚ぶったところがあいかわらず癪《しゃく》にさわる。自分などよりもはるかに恵まれた身の上のくせに。

『秋葉の実家はパン屋で、ブーランジェリーでの勤務経験もある。このまま無下《むげ》に断るのは惜しい。ある程度の時間をかけて、実力をはかることにする』

現在、ここで働いているパン職人《ブーランジェール》と、とつぜん乗りこんできたパン職人《ブーランジェ》。

料理長は秋葉か高瀬のどちらかを選び、脱落者をこのホテルから追放するつもりなのだろう。オーナーは料理長の判断に従うとのことで、秋葉は翌日からさっそく、厨房で働くことが決まったのだ。

（あのときの高瀬の顔、傑作だったな）

真っ白なコックコートに袖《そで》を通しながら、秋葉は意地の悪い笑みを浮かべた。

きっと彼女は、料理長が秋葉を受け入れることはないとでも思っていたに違いない。

ホテルやレストランでは、シェフとパン職人はパートナーだ。ワインと料理の素晴らしい組み合わせを「結婚《マリアージュ》」と表現するように、パンと料理も組み合わせによっては、互いの良さを極限まで引き出すことができる。どの料理にどのパンを添えれば、最高の相性となるのか。職人の腕の見せどころだ。

高瀬は料理長をパートナーだと思っているようだが、相手のほうはそこまでの信頼を抱いてはいなかったのだろう。情に厚い人にも見えなかったし、ほかに優秀な人材があらわれたら、迷わずそちらを選びそうだ。

（ここに来てからもう半月か）

秋葉は壁かけカレンダーに目をやった。

卒業後に勤めていた店は、二カ月前に退職した。現在は都内のアパートでひとり暮らしをしているが、そこから通勤するのは厳しいだろうとのことで、選定が終わるまでは従業員寮で寝泊まりすることになった。高瀬と同じ寮に住むのは不本意だったが、自分がパン職人の座を奪うまでの辛抱だ。

早朝なので外はまだ暗く、電気がついた室内はひんやりとした空気に包まれている。個人ロッカーが並ぶ男性用の更衣室には、自分しかいない。

コックコートは予備のものを借りているため、ややサイズが大きい。胸元のボタンを留めた秋葉は、つばがついた衛生帽子を手にとった。はみ出た髪は中に押しこむのだが、自分の髪は短いので、かぶるだけで隠せる。

着替えをすませた秋葉は、従業員用の廊下を通って厨房に向かった。等間隔にランプの明かりが灯《とも》されており、周囲をやわらかな光で照らしている。

アンティーク調の照明に板張りの床。宿泊客が通る場所には、深みのあるワインレッドの絨毯《じゅうたん》が敷かれていて、重厚かつ華やかな雰囲気を醸《かも》し出している。現代的な要素を極力排除した、時代がかった洋館で過ごしていると、なんだか百年前の世界にタイムスリップしたかのような気分になってしまう。

「おはようございます」

秋葉が厨房のドアを開けると、そこにはすでに高瀬がいた。

臙脂《えんじ》色のパイピングとボタンがついたコックコートに、自分と同じ衛生帽子をかぶった彼女は、視線が合うなり明るく笑いかけてきた。

「おはよう！　今日はちょっと冷えるね」

「あ、ああ……」

気さくに話しかけられて面食らう。あからさまな敵意を向けても、高瀬の態度は一貫していた。挨拶《あいさつ》は欠かさないし、秋葉を邪険にするような真似もしないから、逆にこちらの調子がくるってしまう。

「天気予報だと、午後からところにより雨だって。十一時に喫茶室のテラスでアフタヌーンティーの予約が入っているから、なんとか持ちこたえてもらいたいんだけど」

高瀬は心配そうに言いながら、窓の外に目をやる。

「テラスがだめなら室内でやればいいだろ」

「そうだけど、お客さま、すごく楽しみにしていらしたから……。さっきから雨が降らないように念じていて」

「そんなもの効くかよ。あほらしい」

馬鹿《ばか》にするように鼻を鳴らした秋葉は、出入り口に敷かれた消毒マットを踏んで、中に入った。それから手指も消毒する。料理長はまだ来ていないので、しばらくは高瀬とふたりだけ。居心地がいいとは言えないが、仕事なのだからしかたがない。

高瀬が使っている調理台の上には、冷蔵庫から出された生地が置いてある。

前日に生地をつくり、一次発酵《はっこう》までの行程をすませておくと、当日の作業時間を大幅に短縮できる。早朝に出勤したらまず朝食用のパンを焼き、それから喫茶室で販売するためのパンを、開店時刻である十一時までに用意。午後からは夕食用のパンをつくり、翌日に使う生地を仕込むというのが、高瀬がこなしている一日のスケジュールだった。

パン職人はひとりだが、もちろん彼女にも休みはある。その際は前日に成形まで終えて冷凍しておいたパンを、出勤した厨房スタッフが窯《かま》入れしているのだという。小規模なホテルだから受け入れ可能な宿泊客の数は少なく、販売するパンの種類も多くない。職人がひとりでも回せるのは、そのためだ。

しかし、高瀬が急病などで突発的に休んだときはどうするのか。気になってたずねてみると、彼女は『もちろん対応策はあるよ』と答えた。

『そういうときのために、冷凍のパン生地をストックしているから。天宮さんはバターロールやクロワッサンの成形ができるし、パティシエの叔父は菓子パンをいくつかつくれるから、それでなんとか。食パンやフランスパンは近所のお店で調達する予定』

『なるほど……』

『でもいちばん大事なのは、そうならないようにわたしが体調を崩さないこと。だから健康管理には気を遣っているよ。最近のブームは出勤前のラジオ体操と青汁で』

『老人かよ』

『意外に効くんだよ。おかげでこの通り元気だし。秋葉くんもやってみたら?』

あのときは高瀬が自室でひとりラジオ体操にはげんでいるのを想像して、たまらず噴き出してしまった。あれは不覚だったたと思いながら、秋葉はちらりと彼女を見る。

生地の状態からして、高瀬はりんごと紅茶のパンをつくるのだろう。

人気のクロワッサンは固定だが、ほかは週ごとに替えている。クロワッサンは成形まで終えた状態で冷凍してあり、前日に冷蔵庫に移して解凍させておく。朝の作業は最終発酵をさせて焼くだけだ。やり方さえ覚えれば、バイトの人間でもできる。

秋葉がバイトに入った初日。厨房を案内したあと、高瀬はノートに書かれた手づくりのマニュアルを手に、仕事の段取りを説明した。自慢ではないが、自分の特技は物覚えのよさだ。教えられたことはすぐに覚えられるから、前の職場ではオーナーに一目置かれ、同僚からはうらやましがられた。

「ええと。わたしはこれから——」

「りんごと紅茶のパンをつくる?」

「その通り!　よくわかったね」

「生地の黒い粒々は紅茶の葉だろ。見ればわかる。クロワッサンは成形ずみだから最後でいいし、あとはトマトバジルパンとショコラツイストか」

「は、はい」

「じゃあ俺はショコラツイストを仕上げる。トマトバジルは先に手があいたほうがつくるということで。それでいいな」

こちらが勝手に指示を出しても、高瀬は怒ることもなく「お願いします」と答えた。

その平和主義がまた、気に食わない。とつぜんあらわれた、上司でもない調理助手のバイトに、えらそうに仕切られたのだ。主導権をとり戻そうと反撃するか、そうでなくても嫌な顔のひとつくらいはするのが普通ではないか?

思えば専門学校時代からそうだった。

高瀬の成績は、座学も実技も常に二番。秋葉のすぐ後ろにぴたりとつき、いつ追い越されるかと冷や冷やしていた。留学の枠をとるためにも、高瀬には絶対に負けられない。その一心で必死に勉強し、留学権をもぎとったのだ。

そういう意味で、学生時代の秋葉は彼女を強く意識していた。だが、当の高瀬には秋葉のようなガツガツとしたライバル心はなかった気がする。お嬢様育ちのせいなのか、平和的でおっとりとした気質の彼女は、どんなときでも自分のペースを崩さなかった。そんな相手を見ていると、自分がひどく心の狭い人間に見えてしまって――

（くそ、やっぱりムカつく）

パンづくりに集中するため、秋葉は頭をふって思考を断ち切った。

まずは冷蔵庫から菓子パン用の生地をとり出して、フィンガーテストで発酵具合をたしかめる。予定通りにふくらんでいることを確認すると、パンチ作業でガス抜きを行った。

生地は少し休ませてから、麺棒《めん》を使って四角く広げていく。それから冷蔵庫で冷やしておいたショコラシートを包み、中身がはみ出さないよう注意しながら伸ばしていった。折りたたんでは向きを変え、また伸ばすといった作業を繰り返す。

カードで細長く切り分けた生地は、中央に一本の切れ目を入れた。両端を穴に通し、ねじっていく。あとは最終発酵をさせて焼くだけだ。

「わぁ！　すごくきれいなマーブル模様。やっぱり秋葉くんの技術はすごいね」

天板の上に成形した生地を並べていると、近づいてきた高瀬が歓声をあげた。苦手な相手ではあるけれど、彼女の褒め言葉には嫌味がないので、悪い気はしない。

「これくらいは当然だ」

「しかも手早い。わたし、この手のパンはいつも時間がかかっちゃって」

「鈍臭《どんくさ》いな」

「その通りすぎて言い返せない……！」

秋葉が見たところ、段取りの組み方については問題ない。しかし彼女は何事も丁寧にやろうとするあまり、ひとつひとつのパンにかける時間が長すぎるのだ。一度につくるパンの数が少ないおかげで、間に合わせることができているのだろうが……。

「お師匠さまにもよく言われたの。パン屋で働くなら、クオリティとスピードを両立させろって。これでも前よりは、はやくできるようになったんだけど」

「無駄話はもういい。りんごと紅茶のパンは？　最終発酵まで行ったんだろうな？」

「うん、ショコラツイストよりは手間がかからないから。実は今日から新バージョンを試してみようと思って」

「新バージョン？」

「りんごと紅茶のパンは、喫茶室でも販売してるでしょう。このまえ売り上げデータを見せてもらったんだけど、かろうじて採算がとれる程度だったの。リニューアルすればもしかしたら、もっと人気が出るかもと」

興味を惹《ひ》かれた秋葉は、新バージョンとやらを見に行ってみる。

「これは……」

「材料はそのままで、形を変えてみました」

調理台の上に置かれていたのは、製菓用のマフィン型。中にパン生地が入っており、その中央には極細の棒状プレッツェルが挿しこんである。

これを焼成させれば、ふくらんだ生地はりんごのような形になるだろう。以前のパンはシナモンロールと同じ形をしていたから、かなり思い切ったリニューアルだ。

「ふふふ、可愛いでしょう。これはけっこう行ける気がする」

自信があるのか、高瀬は期待をこめたまなざしでパンを見つめている。たしかに悪くはないと感じたが、素直に同意するのは癪だったので、秋葉は「どうだかな」と答えた。

「逆に売り上げが落ちる可能性もあるわけだし？」

「な、何を不吉な。こういうときは『売り上げアップ間違いなし！』が正解では」

「そんな義理あるか」

「うう……秋葉くんもなかなかのブリザード。でもわたしは『厨房の白熊』に鍛えられているから、その程度の意地悪じゃへこたれませんからね」

わけのわからないことを言ってはいるが、不思議と苛立《いらだ》ちは感じない。

「さて。ショコラツイスト、りんごと紅茶のパンはＯＫ。あとはトマトバジルパンね」

ぱっと表情を変えた高瀬は、鼻歌でも唄い出しそうな様子で、次のパンをつくりはじめた。パンづくりが好きで好きでたまらないという、純粋な意欲と熱意が伝わってくる。それは思いのほか心地よく、秋葉の口角が自然と上がりかけ――

(いや待て。何をほだされかけている!?)

我に返った秋葉は、あわてて表情を引き締めた。

働きはじめたばかりのころは、高瀬の姿が視界に入るだけで顔をしかめていたのに、このザマはなんだ。相手が能天気なうえ、まったく悪意がないせいで、こちらの毒気まで抜かれてしまうのか？　無意識なだけにタチが悪い。

自分はなんのためにここに来た？　自分の実力を見せつけて、高瀬から仕事を奪うことが目的ではなかったのか。それなのに、気がつけば彼女のペースに巻きこまれ、会話も日ごとに増えている。

――無邪気な顔をしていても、相手は敵だ。馴《な》れ合うなどもってのほか。

「秋葉くん？　どうしたの。表情がかたくなっているけど……」

「今後は必要以上に話しかけるな」

「え、でも」

「仕事の邪魔だ。迷惑なんだよ」

ことさら冷たく言い放った秋葉は、高瀬の視線から逃れるように背を向けた。そして戸惑う彼女をその場に残し、自分の仕事に戻ったのだった。


「はあ……」

何度目かのため息をついたとき、室内でくつろいでいた要が顔を上げた。

「紗良さん、体調でも悪い？」

「いいえ、そういうわけではないんですけど……」

時刻は十二時二十分。従業員用の休憩室にいるのは、紗良と要のふたりだけだ。

四人がけのテーブルで食事をとっている紗良に対して、要は奥のソファに腰かけ、読書にいそしんでいた。

私生活ではコンタクトの要だが、制服着用中は眼鏡をかけている。コンシェルジュの制服姿で脚《あし》を組み、膝の上に置いた本のページをめくる姿は優雅だけれど、読んでいるのは雑誌でも小説でもなく、野良猫の写真集だ。伊勢佐木町《いせざきちょう》の書店で買ったばかりの新刊らしい。猫と写真が好きな彼には、夢のような本だろう。

『野良猫はうちのマダムとはまた違った、野性的な魅力がある。このフォトグラファーはまだ新人なんだけど、一瞬の表情の切りとり方がうまいんだ』

『要さん、本当に猫がお好きなんですね』

『写真集はたくさんあるんだけど、寮では迂闊《うかつ》に開けないんだよ。マダムに見つかると機嫌が悪くなるから。ほかの猫に浮気されたとでも思うのかな？　可愛いよね』

『マダムもああ見えて、お世話をしてくれる要さんのことが気に入っているんですよ。要さんもあれだけマダムにつれなくされてもへこたれず、尽くし続けているでしょう。まさに相思相愛。下僕の鑑《かがみ》です』

『それ、素直によろこんでいいのかな』

そんな会話を思い出していると、要が写真集を閉じた。立ち上がってこちらに近づいてきた彼は、テーブルの上をひょいとのぞきこむ。

「食べないの？」

「あまり食欲が湧かなくて……」

紗良の前には、ほとんど手つかずのベーグルサンドが置いてある。昨日売れ残ったベーグルに、朝食で使ったハムや野菜の残りを挟んだものだ。食事を抜くと午後からの仕事がつらいとわかってはいるのだけれど、なかなか食べる気になれない。

「紗良さんを悩ませているのは、やっぱり例の同級生？」

「……」

「だいたいの事情は誠さんから教えてもらった。彼、紗良さんを押しのけて猫番館のパン職人になろうと目論《もくろ》んでいるわけだろ。そんな相手を追い返さずに雇うなんて、隼介さんも何を考えているのやら」

「天宮さんの思惑はわかりませんけど……。秋葉くんを雇うと聞いたとき、ショックを受けたと同時に恥ずかしくなったんです」

「恥ずかしい？」

こくりとうなずいた紗良は、あのときの感情を思い出し、苦い笑みを浮かべた。

隼介は自分のことを、仕事上のパートナーだと認めてくれている。だから何が起ころうとも、見捨てられることはないはずだ。心の底でそう思っていたから、彼が秋葉を厨房に引き入れたことに衝撃を覚えたのだ。

——わたしは何を思い上がっていたのだろう。

「冷静に考えれば、より能力の高いほうと組みたいと思うのは、ごくあたりまえのことです。そして一緒に働いてみて、秋葉くんはわたしより、職人としての技量が上だとわかりました。自分の傲慢《ごうまん》さに恥じ入るばかりです……」

反省した紗良は心を入れ替え、秋葉を好意的に受け入れようと決めた。

専門学校を卒業してから、紗良は師匠のベーカリーで修業を積んだ。その後に再就職した猫番館には、自分以外のパン職人がいない。

だから秋葉の存在は、紗良にとってはとても刺激的だった。学生時代から器用でセンスもあった彼は、数年でよりいっそう腕を磨き、ふたたび自分の前にあらわれたのだ。少しでも秋葉に追いつきたくて、必死に勉強していたころの記憶がよみがえり、どこかまったりとしていた日々に活が入ったような気分になった。

「はじめは戸惑いもありましたけど、秋葉くんと一緒に働くのは楽しいですよ」

「嫌われていても？」

「人の好き嫌いは誰にでもあるし、わたしのことが苦手だと思う人もいて当然です」

紗良はきっぱりと言い切った。秋葉が自分のことをどう思っているのかはわからないけれど、少なくとも好かれていないことだけは断言できる。

「秋葉くんは素晴らしいパン職人《ブーランジエ》です。だからこそ、仕事に私情は挟みたくない。お客さまによろこんでいただけるパンをつくるためにも、秋葉くんとはお互いに協力し合って仕事をしていきたいんです」

秋葉と働くことにより、紗良が導き出した結論がそれだった。

どこで働いていたとしても、職人が第一に考えるべきなのは、自分たちが焼いたパンを買い、食してくれるお客のこと。そして職人たちがいがみ合っても、おいしいパンが生まれることはないだろう。

だから相手に嫌われていようと、自分は彼を嫌わない。そんな思いで接していると、はじめはかたくなだった秋葉の態度は、少しずつやわらかくなっていった。そっけない口調は変わらないけれど、無視されないだけでも嬉しかったのに。

『今後は必要以上に話しかけるな』

『仕事の邪魔だ。迷惑なんだよ』

さきほど秋葉から放たれた言葉が、紗良の心に突き刺さる。

少しは仲良くなれたかと思っていたけれど、勘違いに過ぎなかったのだろうか……。

「秋葉くんて昔からああやって、紗良さんに突っかかってたの?」

「いえ……。入学してから一年くらいは、明るくて人当たりもいい感じでしたよ」

脳裏に浮かんだのは、いまは失われたかつての姿。

当時の秋葉はほがらかな性格で、表情もさわやかだった。成績も申しぶんなかったので、女子からはあこがれのまなざしを向けられ、男子とも仲良くつき合っていた。

そんな彼の眉間《みけん》にしわが寄り、他人を遠ざけるようになったのは、二年生になってからのことだった。もっとも親しい友人以外とは距離を置き、紗良に対してはあからさまな敵意を向けてくるようになってしまったのだ。

話を聞き終えた要は、「なるほどね」とうなずく。

「どこかの時点で、彼の性格を変えてしまうほどの何かが起こったのは間違いないな。敵視しているのは紗良さんだけ？」

「そうですね……。でも、本当に思い当たる節がなくて」

「気になるなら、思い切って本人に訊《き》いてみるのも手だろうな」

要はちらりと出入り口に視線を向ける。それから腕時計を見て「そろそろ戻るか」とつぶやいた。写真集を手にした彼は、来客用のカップやグラスが入っている棚のガラス戸を開け、奥から何やらとり出す。

「これ、さっきチェックアウトしたお客様からいただいたんだ。ふたつしかないからあとでこっそり食べるつもりだったんだけど、紗良さんにあげるよ」

渡されたのは、透明な袋に入ったきつね色の焼き菓子。

薔薇をかたどったマドレーヌは、元町《もとまち》公園にほど近い洋菓子店で販売されている。同じお店のチェリーサンドやサブレは食べたことがあるのだが、マドレーヌははじめてだ。

「食欲がなくても、これくらいなら食べられるだろ」

「ありがとうございます」

「ついでに写真集も貸してあげよう。癒されるよ」

「ふふ、楽しみです」

「返すのはいつでもいいけど、マダムがいないときにしてくれると助かるな」

要はにっこり笑うと、休憩室から出て行った。彼の心遣いに感謝しながら、紗良はお菓子の袋を開け、ほんのりと薔薇の香りがするマドレーヌにかじりついたのだった。


休憩室のドアが開き、中から眼鏡をかけたコンシェルジュが出てきた。

(フロントは反対側だし、こっちには来ないよな?)

秋葉は死角と思われる場所に身を隠し、見つからないよう息をひそめていたが……。

「バレてるよ」

「うわ!?」

急に声をかけられた秋葉は、ぎょっとして飛び上がりかけた。おそるおそる廊下をのぞけば、すぐ近くに笑顔のコンシェルジュが立っている。

いつも完璧に身なりをととのえているが、いまは休憩中だからなのか、上着ははおらずベスト姿だ。水色のシャツに青いネクタイを締めた彼は、うろたえる秋葉の顔を見て、愉快そうに口の端を上げる。

「さっき、あそこからのぞいていただろ。紗良さんは気づいていないみたいだったけど」

コンシェルジュの視線が、休憩室のドアに向けられる。

たしかに少し前、自分はそこに立っていた。十二時半から休憩だったので、別におかしなことではない。しかし部屋に入ろうとしたとき、わずかに開いていたドアの隙間《すきま》から誰かの話し声が聞こえてきたのだ。

高瀬がいることがわかると、秋葉は中に入るのをやめて踵《きびす》を返した。朝のことがあったから、彼女と顔を合わせるのが気まずかったのだ。ドアノブにも触れていなかったし、気づかれていないと思っていたが、鋭い人間がひとりいた。

コンシェルジュにじっと見つめられ、居心地の悪さを感じながら口を開く。

「あの、何か?」

「やっぱりそうだ。秋葉くん、先月に吉祥寺のパン屋に行かなかった？」

店の名前を告げられて、秋葉は目を丸くした。そういえばあの日、高瀬は同年代くらいの男と一緒にいた。もしやそれが、目の前にいる彼だったのか？

「思い出してくれたみたいだね。あのときのカボチャあんパン、おいしくいただいたよ」

「……」

「紗良さんは専門学校の講師《せんせい》から、開店を知らせる葉書が来たって言っていた。きみのもとにも同じものが届いたんじゃないか？　それから同窓会で紗良さんの近況を知って、彼女を困らせるために、嫌がらせで乗りこんできたってところかな」

嫌がらせという言葉にはむっとしたが、当初の目的はまさにその通りだったのだから何も言えない。無言を貫いていると、コンシェルジュはさらに続ける。

「ここで働くようになってから、だいぶ毒気を抜かれたね。鏡を見てみるといい。顔つきが最初のころよりよりやわらかくなってきたよ」

「……何が言いたいんですか」

「さっきの話、聞いていたんだろ？　何が気に入らないのかは知らないけど、あれが紗良さんの本音だよ。たとえ仕事を奪われたとしても、彼女がきみを恨むことはないんだろうな。きれいすぎて鼻につくって気持ちはまあ、わかると言えばわかるけど」

一瞬、皮肉げに笑った彼は、すぐに表情を戻した。

「とにかく、一度じっくり考えてみたらどうかな。紗良さんを追い落として、猫番館のパン職人に成り代わる。それは本当に、きみが望んでいたことなのか？」

視線をさまよわせていると、コンシェルジュは「甘いものでも食べて考えてごらん」と言いながら、手にしていた焼き菓子の袋を押しつけた。

「おっと。はやく戻らないと支配人が休憩に行けないな。じゃあそういうことで」

秋葉の肩をぽんと叩いた彼は、背を向けてフロントのほうへと歩いていった。その後ろ姿を見送ってから、もらった焼き菓子に目を落とす。腹が減っていたので袋を破き、薔薇の形のそれを頬張《ほおば》った。

（美味《うま》い……）

味や食感からして、おそらくマドレーヌだろう。バターだけではなく薔薇の香りも感じるから、ジャムのようなものが練りこまれているのかもしれない。こんな廊下の隅でモソモソ食べるのではなく、紅茶と一緒に優雅に楽しむのがふさわしい洋菓子だ。

マドレーヌを平らげた秋葉は、ひとまず厨房に戻ることにした。従業員用の通路から絨毯が敷かれた廊下に出ると、三十代くらいの女性がひとり、食堂の出入り口で様子をうかがっていることに気づく。服装からして宿泊客だろう。

「あ、ホテルの人かしら」

秋葉が「はい」と答えると、女性はにこにこ笑いながら近づいてくる。

「ちょうどよかった。名前はちょっとわからないんだけど、ここにパン職人の女性がいるわよね？」

「高瀬のことでしょうか。あいにくただいま席をはずしておりますが」

「じゃあ伝えておいてくれる？　さっきのアフタヌーンティー、いろいろ心配りをしてくださってありがとう。還暦《かんれき》祝いまでいただいて、母もとてもよろこんでいたわ。薔薇もきれいだったし、またこの時季に泊まりに行きたいって」

「それは……光栄です」

「よろしくね」

女性が去っていくと、秋葉は厨房に戻ることなく、従業員用のドアを開けて外に出た。見上げた空は薄曇りだが、予報に反して雨の気配はあまりない。十一時からアフタヌーンティーを予約したというお客は、外のテラスで楽しむことができたのだろう。

（あいつの念が効いた？　……そんなわけないか）

秋葉の表情に浮かんだのは、苦笑だった。馬鹿にしたような失笑ではなく。

視線を落とすと、野良猫が一匹、悠然と秋葉の前を通り過ぎていった。

自分は猫が好きでも嫌いでもないのだが、高瀬は大好きらしく、やたらと豪華で大きな看板猫にも敬意を払っていた。誰に対しても丁寧に接する彼女には、ホスピタリティを重視するホテルの仕事が合っているのだろう。

そんな相手に、自分は何をしようとしている？

高瀬から仕事を奪えば、それで本当に満足するのか？

おのれの心に問いかけながら、秋葉は空になったマドレーヌの袋を握り締めた。

気まずい思いをかかえたまま、二日が過ぎた。

「それじゃ、そろそろ上がりますね。お疲れさまでした」

「ああ」

「また明日ねー」

ぺこりと頭を下げて厨房から出て行く高瀬を、秋葉は少し離れた場所から見送った。

早朝から働いている彼女は、夕方よりも前に退勤となる。秋葉は高瀬よりも三時間ほど遅く出勤したので、寮に帰れるのはまだ先だ。

（結局、あれから高瀬とはほとんど話していない……）

こちらとの接し方に迷っているのか、高瀬はあれから他愛のない雑談をすることがなくなった。仕事に必要なことは話すが、それ以外は沈黙が続いている。

「秋葉くーん、次はこっちを手伝ってもらえるかい？」

「はい」

筋骨隆々とした上司とは正反対の、小柄で瘦《や》せ型の料理人に呼ばれた秋葉は、きびきびとした動きで彼のもとに向かった。自分はパン職人だが、あくまで調理助手として雇われているので、料理の仕込みやこまごまとした雑用も手伝っている。

「明日は団体様のランチ予約が入っているからねえ。ああ忙しい」

猫番館では基本的に昼食の提供はしていないが、団体客の予約のみ、月に何度か受け付けている。コースメニューは月ごとに替わり、前日になると、ふたりの料理人と調理助手が協力して仕込みを行うのだ。

秋葉は指示された通り、豚肉のかたまりにタコ糸を巻きつけていく。手早く終わらせてから、今度はパセリの茎やタイムの枝、ローリエといったハーブを束ねてブーケガルニをつくった。料理ができなくても、こういった細かな仕事を引き受ける人間がいると、料理人はとても助かるのだという。

「――終わりました。天宮さん、ほかに仕事はありますか？」

「それじゃ、流しを片付けてくれないか。いろいろたまっているんだ」

「わかりました」

ステンレスの流しには、調理の際に使った鍋やらボウルやらが積み重なっている。腕まくりをした秋葉は、スポンジに洗剤をつけ、黙々と調理器具を洗いはじめた。

(最初のころは、助手なんてつまらない仕事だって思ってたな)

自分はパンづくりだけをやりたかったのに、料理長はそれ以外にも、さまざまな仕事を秋葉に割り振った。それらはなんてことのない、誰にでもできる雑用ばかり。口にはしなかったものの、心の中では不満だった。

そんな気持ちが態度に出ていたのだろう。手抜きはあっさりばれてしまい、鬼のような形相の料理長に、「仕事を舐《な》めるな」と叱《しか》り飛ばされた。以前に働いていたブーランジェリーの上司もきつめの人だったが、料理長とくらべたら優しいものだ。

『いいかよく聞け。皿洗いも器具の手入れも料理のうち。パンとて同じだ。自分が使う道具を丁寧に扱うこともできない人間に、お客の心に響くパンなどつくれるわけがない』

『……』

『誰にでもできる仕事と言うが、おまえはそれすらできていない。技術が突出していたとしても、細かいことに気が回らない人間は、いずれは仲間から見限られる』

（天宮さんの言う通りだ。俺はパンづくり以外の仕事を舐めていた）

秋葉の脳裏に、二カ月前まで働いていたブーランジェリーでの日々がよみがえる。

両親がベーカリーを経営していたので、パンづくりの経験は子どものころから積んでいた。加えて物覚えがよく、仕事もはやい秋葉はオーナーから重宝され、将来の店長候補だと期待されていたのだ。

しかしあからさまな贔屓《ひいき》は、ほかの職人たちから反発を呼ぶ。秋葉もオーナーのお気に入りであることに優越感を持っていたから、歩み寄るようなことはしなかった。そんな態度がさらに溝を深めていき、気がついたときには修復も不可能になっていたのだ。

転機がおとずれたのは、半年ほど前のこと。

秋葉の能力を買ってくれていたオーナーが病気になり、引退したことで状況はがらりと変わった。新しいオーナーは、ほかの職人とうまくやれない秋葉を疎《うと》み、ぞんざいに扱うようになったのだ。職人たちもそれに加担し、職場に居場所をなくした秋葉は、冷たい視線と陰口《かげぐち》に耐えきれずに、みずから店を去ったのだった。

あのときは恨んだが、見捨てられたのは当然だ。同僚との関係を軽視して、技術の高さを鼻にかけていた自分は、さぞかし傲慢に見えていたことだろう。

「えーと、泡立て器はどこにやったかなぁ」

「いま洗いました。どうぞ」

「秋葉、そっちにタルト型があったはずだが。十八センチの」

「あ、これですね」

洗い終えた器具をてきぱきと渡すと、料理長は「助かる」と言って微笑んだ。

こちらに非があるときは容赦なく叱るが、理不尽に怒ることはない。そして成功したときは惜しまず褒めてくれる。とても公平で冷静な人だということがわかってからは、叱られても素直に反省することができた。

「早乙女《さおとめ》、そろそろ賄《まかな》いの準備を」

「イエッサー」

びしっと敬礼した料理人が、業務用の冷蔵庫を開けて食材を確認する。小腹がすいていたから、賄いを出してもらえるのは嬉しい。

「トマトが傷《いた》みそうなので使っちゃいますねー」

まな板の上から、リズミカルな包丁の音が聞こえてくる。しばらくすると、小型の鍋がコンロの火にかけられた。やがてふわりとただよってきたのは、トマトとホワイトソースの香り。今日の賄いはトマトクリームシチューのようだ。

「あれ？　シェフ、パンが残ってません」

「昼の賄いで食べ尽くしたか……」

「もしものときの冷凍ご飯ならありますけど。あれをあたためましょうか」

「そうしてくれ」

料理人が冷凍庫のほうを見たときだった。厨房のドアが開き、私服姿の高瀬があらわれる。彼女は「差し入れです」と言って、調理台の上に持ち手つきのバスケットを置いた。中には小ぶりのブールがいくつか入っている。

「さっき寮のキッチンで焼いたんです。よろしければどうぞ」

「なんというお導き……。ありがとうメイさん！」

上司に引きずられているのか、料理人の呼び方は独特だ。秋葉と目が合うと、高瀬は微笑みつつも、少し遠慮がちに口を開く。

「よかったら秋葉くんも。試作中のものだから、あとで感想を教えてくれると嬉しいな」

「あ、ああ……」

調理台に近づいた料理長が、ブールをひとつ手にとる。

「この前つくっていたものより小さいな」

「寮のオーブンに合わせたんですけど、これくらいのサイズにしてもいいかもしれませんね。一般的な大きさだと、焼成時間もバゲットよりかかるし」

「特色がどうとか言っていたが、解決したのか？」

「それはまだ……」

高瀬が厨房をあとにすると、料理長はブールの中身をくり抜き、熱々のトマトクリームシチューを詰めた。とり出したクラムは大雑把に切り分け、パプリカやソーセージと一緒にオリーブオイルで炒《いた》めることで、あっという間にイタリアン風のおかずをつくる。

ソーセージからにじみ出た肉汁と、香りづけに使ったニンニクの匂いが、秋葉の嗅覚《きゅうかく》をこれでもかと刺激した。自然と腹が鳴ってしまう。

「いただきまーす」

賄いが完成すると、料理人はもちろん、秋葉ともうひとりの調理助手も嬉々《きき》として料理に手をつけた。濃厚なシチューが詰まったブールは冷えた体をあたためてくれたし、クラムを使った炒め物も、即席とは思えないほどおいしい。

食事を終えた秋葉は、ひとつだけ残っていたブールに手を伸ばした。

昔ながらの形をしたこれは、パン職人を示す「ブーランジェ」や、パンをつくって販売する店「ブーランジェリー」の語源だと言われている。バゲットのような形は、存在はしていたもののさほど普及してはおらず、広まりはじめたのは二十世紀になってから。パン職人の労働時間に関しての法規制がきっかけだった。

朝の四時前から働くことが違法になったため、これまでのパンでは時間がかかりすぎて朝食に間に合わない。その一方で、細長いパンは丸型よりも発酵や焼成における時間が短くすんだので、以降はそちらが主流になっていったのだ。

秋葉は高瀬が手がけたブールをちぎり、口の中に入れた。

こんがりと焼き上がったクラストは、バゲットほどかたくない。クラムもふわふわとやわらかい食感だ。癖が少なく淡白な味わいは、ほかの食材と合わせやすいから、料理のバリエーションが広がるだろう。じゅうぶん商品として通用すると思うが、高瀬はこれにもうひとつ、何かを加えたいらしい。

(猫番館ならではの特色か……)

何気なく考えていたとき、頭の中にふと、ひとつの提案が浮かんだ。

退勤時刻になると、料理人ともうひとりの調理助手は帰っていった。しんとした厨房の隅で、机に向かって事務作業をしていた料理長に、秋葉は静かに声をかける。

「あの、天宮さん」

「なんだ、まだ帰ってなかったのか」

「お伝えしたいことがあって」

料理長のもとに近づいた秋葉は、ポケットから小さな鍵をとり出した。従業員に貸与されている個人ロッカーの鍵を、机の上にそっと置く。

「こちらはお返しします。それから面接のときに言ったことですが、あれを取り消させてもらえませんか?」

「……『高瀬よりもパン職人としての能力が上だということがわかったときは、あいつの代わりに猫番館の正式な従業員として雇え』だったか」

「そんなえらそうな言い方じゃなかったでしょう。敬語だったし」

「あのときは、ずいぶんと生意気なガキが来たものだと思ったがな」

本音をまるで隠す気がない料理長に、思わず苦笑してしまう。話の先をうながされた秋葉は、あまり認めたくない、高瀬に対する正直な気持ちを心の奥から引きずり出す。

「面接で、俺は高瀬のことが苦手だと言いましたよね。もっと乱暴に言えば、見ているだけでムカつく相手でした。でもあいつに非はなくて、理由は単なる嫉妬《しっと》です」

「嫉妬?」

「高瀬は昔から、俺にはないものをいくつも持っていたから」

秋葉は自嘲《じちょう》の笑みを浮かべた。

「天宮さんはご存じかもしれませんけど、高瀬の実家はいわゆる名家です。金持ちの家に生まれた令嬢で、子どものころから恵まれていた。専門学校に通っていたときも、うちみたいに学費を払うだけで一苦労……なんてことはなかったんだろうな」

入学してからしばらくは、高瀬の実家については何も知らなかった。彼女はよきライバルであり、意識することで自分を高めることができる相手だった。

事件が起こったのは、二年生になって間もなくのこと。

資金繰りがうまく行かず、両親が大事な店を手放すことになってしまったのだ。そのときは学校を辞めて働かなければと思ったが、ほかでもない両親に止められた。

『学費のことは心配するな。あと一年なんだから、頑張って卒業しよう』

『そうよ。お父さんみたいなパン職人になるのが夢なんでしょう?』

息子の学費と生活費を捻出するため、父は知り合いのツテを頼って仕事を見つけ、母もパートで働きはじめた。両親が必死に働き、学費を稼いでくれたおかげで、秋葉は学校を続けることができたのだ。

そんなとき、秋葉はひょんなことから高瀬の出自を知った。

自分たち一家は店を失い、持ち家も売って小さなアパートに引っ越した。生活費も切り詰めて暮らしているというのに、高瀬の実家にはうなるほどの金がある……。

――理不尽だ。

どうしようもない苛立ちは、次第に高瀬本人に向けられていった。いつしか顔を見るだけでも不愉快になり、彼女にだけは負けたくないと敵視するようになったのだ。

「だから卒業して縁が切れたときは、心底ほっとしました。でも……」

先月の同窓会が、ふたたび自分と高瀬を結びつけてしまった。

あのとき友人からメッセージが来なかったら。幹事の代理を引き受けなければ。

だが、たったひとりしかいない友人からの頼みを断るなど、秋葉にはできなかった。

「同窓会で高瀬の近況を知ったときは、そりゃもうムカつきましたよ。それまで勤めていたところが閉店したのは気の毒だと思ったのに、身内のコネであっさり再就職先を見つけたわけでしょう？　恵まれている上に運までいい。どこまで優遇されるんだって」

「……まあ、たしかに傍《はた》から見れば幸運だな」

「幼稚な考えですけど『ずるい』と思いました。だからあいつが何か痛い目を見るようなことが起こってほしくて、それで――」

みっともなく八つ当たりをしてしまった。いい大人のくせに、なんて情けない。

話が終わると、料理長は何かを考えているのか、口元に手をあてこちらを見ていた。長い沈黙を経《へ》て、おもむろに口を開く。

「発言を取り消すと言ったな。高瀬姪と争うことをやめるのか」

「はい。そもそも、高瀬のほうははじめからそんなつもりはなかったでしょうね」

秋葉は晴れ晴れとした表情で続けた。

「彼女は勝ち負けなんてどうでもよくて、ずっとお客のことを第一に考えていた。俺は敵じゃなくて同じ職場で働く仲間で、お互いに協力し合おうとしていたんです。かなうわけがありません。彼女はこのホテルに必要な人間だと思います」

「……………」

「それがわかったから、俺はここを去ります。短い間でしたがお世話になりました」

一礼した秋葉は、厨房をあとにしようとした。しかし――

「待て」

ふり返ると、料理長は机の引き出しから一枚の書類をとり出した。

「ここから出て行っても、仕事はないんだろう？　だったらここに行ってみるといい」

「……？」

秋葉は首をかしげながら、書類を受けとる。目を通してみると、それは横浜市内のビストロが出している求人票だった。募集しているのは厨房勤務のパン職人だ。

「天宮さん、これは」

「知人が経営している店だ。これまでは市販のパン種を焼いて出していたんだが、来年からは手づくりを売りにしようということになったんだ。いい人材がいれば紹介しろと前々から言われていたんだが、高瀬姪を渡すわけにもいかなくてな」

「俺が行ってもいいんですか……？」

おそるおそるたずねると、料理長は「ああ」とうなずいた。

「この二週間で、おまえの実力はわかった。とはいえ、初日から変わらず生意気なガキのままだったら、求人票のことは伝えずに追い出していただろうな。大事な知人の店に、問題のある人間を紹介するわけにはいかない」

「……………」

「だが、いまのおまえなら大丈夫だろう。面構《つらがま》えも前よりだいぶよくなった。厨房で働かせて性根を叩き直した甲斐《かい》があったたな」

満足そうな表情の料理長を見て、もしやと思う。

（この人、最初からそのつもりで……？）

料理長はおそらく、秋葉を猫番館のパン職人にするつもりはなかった。雇い入れたのはきっと、知人の店に紹介してもいい人間なのかを見極めるため。審査されていたことに変わりはないが、料理長の目的はまったく別のところにあったのだ。

「俺を雇った本当の理由、高瀬には説明したんですか？」

「いや」

料理長は何かを思い出しているのか、目を細める。

「おまえが乗りこんできたとき、高瀬姪がどんな顔をしていたか憶えているか？　俺にすがるような目を向けて、情けないことこの上なかった。猫番館のパン職人だと胸を張るなら、どんなやつが来ようと受けて立つくらいの気概を見せてほしかったのに」

「そうだったんですか……」

「だから闘争心をあおるためにも、あえて秋葉と争わせてみようかと思ったんだが。そこは目論見がはずれたな。まあ、あいつの性格を考えれば当然か」

そう言って料理長は肩をすくめる。高瀬は争うどころか、秋葉を仲間として迎え入れたのだ。それについての不満はなさそうで、むしろ感心しているように見える。

「技術は大事だが、それだけを極めても一流にはなれない。誰とでも仲良くするべきとは思わないし、高瀬姪を見習えとも言わないが、社会人として必要なコミュニケーション能力は身に着けたほうがいい。気持ちよく仕事をするためにも」

「はい」

思い返せば、かつての父も高瀬も、パンをつくるときはいつも楽しそうだった。

就職してからはすっかり忘れていた感情を、これから少しでもとり戻していきたい。

「知人の店にはあとで連絡を入れておこう。俺の紹介でも無条件に受け入れることはないから、面接で人柄を見られる。受かるかどうかはおまえ次第だ」

秋葉は求人票を持つ手に力をこめた。今度こそは。

「新しい調理助手を募集しないとな。短期間だったが助かった。礼を言う」

「こちらこそ、本当にありがとうございました」

自分を叩き直し、新しい道を示してくれた人に向けて、秋葉は深々と頭を下げた。


秋葉が猫番館を去った。

そのことを紗良が知ったのは、翌朝に出勤したときだった。

「急すぎませんか？　だってゆうべまで天宮さんたちと一緒に仕事をしていたじゃないですか。差し入れしたブールも食べてくれたんでしょう？」

「俺もまさか、その日のうちに出て行くとは思わなかった」

猫番館から去って行く秋葉を見送ったのは、隼介だけだったそうだ。彼の話によると、秋葉は隼介と会話をしたあと、すぐに寮に戻って荷物をまとめたらしい。

『バイトを辞めた人間が、いつまでも居座るわけにはいきませんから。アパートは都内だし、一時間もあれば帰れます』

そんなことを言いながら、秋葉は自分で呼んだタクシーのトランクに、中型のスーツケースを積みこんだ。荷物はそれだけだったらしい。

『天宮さんから紹介していただいた店、さっきネットで軽く調べてみました。明日さっそく連絡して、実際に見学に行ってみようかと思います』

『そうか』

『大変お世話になりました』

そして秋葉を乗せたタクシーは、駅に向かって走っていったそうだ。

(わたしが寝ている間にそんなことがあったなんて……)

「秋葉くんの仕事が決まるなら、それはよろこばしいことですけど。わたしには何も言わずに行ってしまったんですね……」

紗良はしょんぼりとうなだれた。最後に顔を合わせることすら嫌だったのだろうか。

はじめは敵意を向けられていたが、めげずに話しかけているうちに、少しずつ会話の数が増えていった。仲良くなるまではいかずとも、同僚として気兼ねなく意見を言い合える関係になれたらと願っていたのに。

人の好き嫌いは、そう簡単には変えられない。どうしようもないことだとわかっていても、なんの挨拶もなく去ってしまうなんて。

肩を落としていると、ふいに隼介が事務用机のほうへと歩いていった。引き出しの中からクリーム色の封筒をとり出し、紗良に手渡す。

「秋葉からだ」

「えっ」

「高瀬姪が出勤したら、渡してくれと頼まれた」

驚きつつも受けとった封筒には、薔薇と猫をあしらった、見覚えのあるロゴマークが印刷されている。ホテルのフロントでポストカードと一緒に販売している、猫番館オリジナルのレターセットだ。

彼はいったい、自分に向けてどのような言葉をしたためてくれたのだろう？

緊張と期待が入り混じった気持ちで、封筒を開く。中には一枚の便箋《びんせん》が入っていた。

『試作中のブールだが、薔薇酵母を使ってみたらどうか。

販売されているものもあるし、猫番館のイメージにはぴったりだと思う』

手書きで記されていたのは、たった二行の文章だった。

前置きも何もない、いきなりのアドバイス。しかしそれは、紗良にとって画期的なアイデアだった。薔薇のロゴは、便箋にもばっちり印刷されている。本物だって毎日見ているのに、なぜいままで思いつかなかったのだろう！

「薔薇酵母のブール……」

紗良は両目をきらきらと輝かせながら、秋葉からの手紙を胸に抱く。

「ああ、なんて素敵なの！　すぐに研究ノートをつくって……」

「その前に仕事だ。新作はやるべきことをやってから考えろ」

「はっ！　も、もちろんですとも」

我に返った紗良は、いつものように仕事にとりかかる。

そこに秋葉がいないことはさびしかったが、彼は新しい一歩を踏み出したのだ。次に顔を合わせるときは胸を張れるように、しっかり腕を磨いておこう。

また会える日は、いつかきっと来るはずだから。

Tea Time

一杯目

どなたさまもごきげんよう。ご無沙汰《ぶさた》しておりますが、わたしのことを憶《おぼ》えていてくださいましたでしょうか？

わたしはマダム。ホテル猫番館《ねこばんかん》の看板を背負う、優美かつ麗《うるわ》しい白猫でございます。

本来ならば心を尽くし、細やかなおもてなしをさせていただくところなのですが、あいにくいまはできそうにありません。わたしはとても不機嫌だったのです。

なぜならさきほど、目撃してしまったから。

下僕ことお世話係の要《かなめ》が、あろうことかほかの猫の写真を見て、だらしなく鼻の下を伸ばしていた衝撃的な光景を！　わたしという者がありながら、あの下僕はこっそり野良猫の写真集を買い求めていたのです。

寮の自室でベッドに寝転がり、背徳的な楽しみに溺《おぼ》れていた要は、わたしがドアの隙間《すきま》から中に入ってきたことに気づくのが遅れました。

『大いなる誤解だよ。俺がマダム以外の猫にうつつを抜かすなんてありえない。この写真集？　もちろん仕事で使う資料だよ。猫番館には猫のお客様もいらっしゃるからね。いろいろな猫について知っておく必要があるんだ。うん』

『…………』

『もちろんマダムがいちばん可愛《かわい》いし、美猫だよ。さあおいで』

要はお得意の口八丁で逃れようとしましたが、それでわたしをごまかせるとでも思っていたのでしょうか。胡散《うさん》臭い笑顔で腕を広げた浮気者に制裁を加え、わたしはぷりぷりしながら部屋を出ました。今夜は要のベッドで眠るつもりでしたが、中止です。あの者にはわたしのいないさびしさを味わわせて、しっかり反省してもらいましょう。

さて。そうなると代わりの寝床を探さなければ。

専用のベッドはリビングにもありますが、いまは気分が乗りません。どうしようかと思いながら廊下を歩いていたとき、向こうから来たひとりの人間と出会いました。

立ち止まったのは、少し前からここで暮らしている新参者。

「な、なんだよ。何か用か」

相手の顔を見上げ、じっと見つめていると、彼は戸惑った様子で言いました。猫が苦手なのかと思いましたが、律儀に話しかけてくれるので、嫌われてはいないでしょう。

わたしは彼の足下に近寄り、鼻を動かしました。

ああやはり。仕事帰りの彼は、いつも魅力的な匂いがするのです。この感じは紗良《さら》さんと同じ――焼き立てのパンの香りに違いありません。

「……さわっても大丈夫、なのか？」

膝《ひざ》を折った彼は、おそるおそるこちらに手を伸ばしました。素晴らしい香りを嗅《か》がせてくれたお礼に、触れることを許します。

「嚙《か》まない……よな」

彼はおそらく、あまり猫と触れ合ったことがないのでしょう。大丈夫。要以外の人間にそのような真似はしませんよ。

わたしの毛並みは新雪のように白く、汚れひとつありません。丁寧な毛づくろいと下僕のブラッシングのおかげで、極上の手ざわりを堪能することができます。彼の手つきはぎこちないながらも、ふわふわとした感触を楽しんでいるようでした。

ひとしきり撫《な》でると、彼は満足した様子で立ち上がります。

「じゃあな」

彼はすぐそこにあったドアを開け、中に入っていきました。なんとなく興味が湧いたので、わたしもするりと体をすべりこませます。

「え、今度はなんだよ。食い物なんて持ってないぞ」

そんなことを言いながらも、彼はわたしを追い出そうとはしませんでした。

室内にはほとんど物がありません。置いてあるのは寮長の誠《まこと》さんから貸し出された折りたたみ式のベッドと寝具、そして青いスーツケースがひとつだけ。もしかして、彼の滞在は一時的なものに過ぎないのでしょうか。

「何もなくてつまらないだろ」

ベッドに腰かけた彼は、手にしていたノートを広げました。のぞきこんでみると、そこには小さな文字がびっしりと書き連ねてあります。どうやら仕事をする上で必要なことをまとめているらしく、努力のあとがうかがえました。

「調理助手って意外と覚えることが多いんだよなぁ……」

ベッドにあおむけになった彼は、しばらくノートを読みこんでいましたが、いつの間にか眠ってしまいました。慣れない仕事で疲れたのでしょう。

なおも鼻腔《びこう》をくすぐるパンの香り。あらがうことができずに、わたしは彼のそばに寄り添いました。殺風景な部屋ですが、ここには人のぬくもりがあります。今夜は彼のもとで過ごすのも悪くないかもしれません。

幸せな香りにうっとりしながら、わたしは静かに目を閉じました。

二泊目

乙女たちのお茶会

Scones

雲ひとつない青空がすがすがしい、十一月半ばの昼下がり。

それぞれの仕事が一段落ついたところを見計らい、ホテル猫番館《ねこばんかん》の厨房《ちゅうぼう》ではスタッフたちによるミーティングが行われていた。パン職人の紗良《さら》、パティシエの誠《まこと》、そしてアルバイトの調理助手やウェイターらの顔を見回してから、料理長の隼介《しゅんすけ》が口を開く。

「前から伝えておいた通り、俺は明日から三日間の休暇をとる」

「娘さんに会いに行かれるんでしたよね？」

「ああ。本当は先月の予定だったんだが、都合が合わなくてずれたんだ」

隼介は淡々《たんたん》と答えたが、どことなく嬉《うれ》しそうに見えるのは気のせいではないだろう。

――天宮《あまみや》さんの娘さん……。

紗良の脳裏をよぎったのは、以前に会ったことがある、愛らしい少女の姿。

隼介には離婚歴があり、別れた妻との間に五歳の娘を儲《もう》けている。親権を手にした元妻は、娘を連れて地元に戻り、そちらで働きながら育児をしているそうだ。

娘とは月に一度のテレビ電話で会話をし、半年に一度の面会で触れ合う。面会の頻度《ひんど》が少ないのは、お互いの住居が横浜《よこはま》と札幌《さっぽろ》にあるため、簡単に行き来できる距離ではないからだ。四月に元妻と娘が横浜を来訪し、猫番館に宿泊したので、今度は隼介が彼女たちに会いに行くのだという。

（そういえば……。天宮さんが三日もお休みなんてはじめてよね）

少なくとも紗良がここで働き出してから、彼が連休をとったことは一度もなかった。猫番館がブラック企業というわけではもちろんなく、有給休暇は事前に申請しておけばとれるし、連休でも問題ない。これまでは隼介が必要としなかったのだろう。

ホテルを含めたサービス業は、ゴールデンウィークやお盆、年末年始といった大型連休こそ書き入れ時だ。休めるのは平日が多いため、銀行や郵便局、病院などには行きやすいし、お店もさほど混んではいないので楽ではある。その反面、土日が休みの相手とは予定が合わせづらいという欠点もあるから、どちらがいいとは言えない。

「札幌か。北の大地はとんとご無沙汰《ぶさた》してるなぁ」

叔父の誠がうらやましげにつぶやいた。

厨房スタッフは隼介を中心に、銀色の調理台を囲む形で立っている。叔父は「最年長だしボスだから」とのことで、唯一スツールに腰かけていた。それだけならいいのだが、休憩時間でもないのにコーヒーカップを持ち、お茶請けまでばっちり用意している。

「高瀬《たかせ》さん……」

珈琲《コーヒー》の芳醇《ほうじゅん》な香りがただよう中、隼介は当然のごとく眉を吊《つ》り上げた。二十近くも年上のボスが相手でも、彼の辞書に「遠慮」という言葉はない。

「何度言わせれば気がすむんですか。飲み物はともかく、会議の場に菓子を持ちこまないでください」

「かたいこと言うなって。隼介のぶんもちゃんとあるぞ」

鬼の料理長から威圧感たっぷりに見下ろされても、叔父はまったく意に介さない。機嫌よく笑いながら、ピンク色の箱の蓋《ふた》をとる。

中に入っていたのは、ダークチェリーとかためのバタークリームを、厚みのある楕円《だえん》形のサブレで挟んだ焼き菓子だ。猫番館の近所にある、可愛《かわい》らしい洋館カフェで販売されている有名な看板商品で、紗良も何度か食べたことがあった。

ふいに隣から声があがる。

「チェリーサンドだ」

「お、めずらしく大和《やまと》が食いついた。もしや好物？」

「いえその……嫌いではないですけど」

注目を浴びた青年――桃田《ももた》大和が、少し照れくさそうに答えた。

白いコックコート姿の紗良たちに対して、彼は黒のカマーベストに蝶《ちょう》ネクタイという制服を身に着けている。厨房スタッフの中では最年少で、市内の大学に通いながら、猫番館の食堂でウェイターのアルバイトにはげむ学生だ。

二十歳《はたち》とは思えないほどの落ち着きと、常に真面目《まじめ》な仕事ぶりは、あの気むずかしい隼介から高く評価されている。クールで控えめ、口数も少ないが、宿泊客からの問いかけにはきちんと答えているので問題ない。

「ほれ、大和のぶん」

「ありがとうございます」

叔父から差し出されたチェリーサンドを、桃田は心持ち嬉しそうに受けとった。

「紗良もいるだろ?」

「いただきます。ところで叔父さま、これは自分で買われたの?」

要冷蔵のお菓子なので、手渡されたチェリーサンドの袋はひんやりとしている。十個入りのそれはきれいな化粧箱の中におさまっており、自分で食べるためというよりは、進物用にふさわしい。

紗良の予想通り、叔父は「いただきものだよ」と言った。

「さっき、裏口に秋葉《あきば》くんがたずねてきてな。そのときに差し入れもしてくれて」

「え!　秋葉くんが来たんですか?」

「あまり時間がないとかで、五分かそこらで帰ったよ。そういや紗良はいなかったな」

「事務室に用があって……。うう、アイデアのお礼を言いたかったのに」

おのれのタイミングの悪さに、紗良はがくりと肩を落とした。

「これから面接に行くって言ってたぞ。隼介が紹介した店だったか」

専門学校の同級生である秋葉は、三日前まで調理助手としてここで働いていた。

彼の目的は、紗良からパン職人の座を奪うこと。しかし、厨房で仕事をしているうちになんらかの心境の変化があったらしい。彼は紗良に敵意を向けることをやめ、みずからの意思で猫番館を去っていった。

すべてのわだかまりをなくすことはできなかったが、秋葉は最後に、新作のパンについて悩んでいた紗良にアドバイスをくれた。彼のおかげで無事に方向性が決まり、注文している酵母《こうぼ》が届き次第、開発に着手する予定だ。

(面接、市内のビストロだったっけ。秋葉くんならきっと受かるはず)

そんなことを考えながら、チェリーサンドを頬張《ほおば》っていたときだった。

なし崩しにはじまったおやつタイムを、しかたなく黙認していた隼介が口を開く。

「――早乙女《さおとめ》」

「うぐ!?」

呼びかけられたのは、隼介の下で働く契約社員の料理人、早乙女智之《ともゆき》だった。

のん気にチェリーサンドをむさぼっていた彼は、急いで口の中のお菓子を咀嚼《そしゃく》し飲みこんだ。けれどもあわてすぎたせいか、気管に入ったらしくむせてしまう。

「……大丈夫か」

「も、問題ありませ……げほっ」

「いまは喋《しゃべ》るな。水を飲め」

胸元をこぶしで叩き、コップの水をぐいっと飲み干す部下を、隼介はあきれ顔で見つめる。やがて早乙女の様子が落ち着くと、彼は話を再開させた。

「俺がいない間、宿泊客に出す食事はおまえにまかせる」

「！」

「メニューはあらかじめ決まっているし、季節の料理についてはつくり方《ルセット》を用意した。おまえは少々そそっかしいのが難点だが、料理に関しては、どんなお客の前に出しても恥ずかしくないレベルに達したと思っている」

「シェフ……！」

「落ち着いて取り組みさえすれば、トラブルは起こらないはずだ。頼んだぞ」

早乙女は感動に打ち震えているのか、両目をきらきらと輝かせる。

「ご安心ください！　この早乙女、必ずやシェフの期待に応《こた》えてみせます。大船に乗ったつもりでおまかせを――ぐはっ」

勢いで胸を叩いた衝撃で、早乙女はふたたび悶絶《もんぜつ》する。

「……………高瀬さん」

「ん？」

「早乙女のサポートを頼みます……」

「はは、まかせておけ。無事に乗り切ることができれば、智之だって大いに自信がつくだろうからな。隼介も安心して連休がとれるようになるんじゃないか？」

「旅行にでも行かない限り、休みは一日でいいです。腕がなまる」

彼らしいストイックな返事に、叔父は「筋金入りの仕事人間だな」と苦笑する。

「そんなこと言ってたら、有休消化が間に合わないだろ。たまには仕事を忘れてパーッと遊びに行きゃいいのに」

「休日はジム通いと必需品の買い出しができれば満足ですから」

「そうだ。近いうちに競馬場にでも連れてってやろうか？　あそこは楽しく遊べるぞー」

「けっこうです」

「叔父さま、天宮さんをギャンブルの道に引きずりこむのはやめてください」

隼介と紗良の冷ややかな視線にさらされて、叔父は「お茶目なジョークだってのに」と肩をすくめた。

「ま、こっちのことは心配しなくても大丈夫だ。紗良と大和はもちろんだが、なんたってこの俺がついているんだからな。隼介は気兼ねせずに父娘《おやこ》デートを楽しんでくればいい。そして帰るときは北海道の美味《うま》い土産《みやげ》を忘れずに」

「ちゃっかりしてますね」

「菓子よりは海の幸だよな。蟹《かに》でも雲丹《うに》でもイクラでも」

「高いものばかりじゃないですか。代金はあとで請求させてもらいます」

「冗談だって。でもまあ、何か酒のアテになるようなものだったら嬉しいなぁ。瓶《びん》入りの塩辛とか醤油《しょうゆ》漬けとかさ」

　話に花を咲かせる（盛り上がっているのは叔父だけだが）ふたりを見つめながら、紗良はこれからの三日間について考えた。叔父が言っていたように、遠出のときくらいは仕事のことは気にせずに、旅行を満喫してほしい。

（早乙女さんだけじゃなくて、わたしも頑張らなきゃ）

　皆の足を引っ張ることだけはするまいと、紗良は決意を新たにするのだった。


「あ、メイさん。おはよう」

「おはようございます」

隼介が北海道に旅立った、翌日の早朝。

身支度をととのえた紗良が一階に下りると、共用のキッチンに早乙女がいた。

今年で三十歳になる彼は独身で、従業員寮の男性用フロアに部屋がある。ちなみに「メイ」というのは早乙女だけが口にする紗良のあだ名で、同じ苗字《みようじ》の叔父と区別をつけるためだ。隼介が呼ぶ「高瀬姪《めい》」からとったのだろうと思われる。

「今日は空気がカラッとしてるから快適だよねー」

「湿気は敵ですものね」

仕事中はコック帽に隠されているが、早乙女の髪は癖が強めの天然パーマで、セットするのにいつも時間がかかるのだと嘆いていた。紗良の髪も扱いにくい猫っ毛なので、ヘアスタイルに関する悩みには大いに共感してしまう。

すぐにユニフォームに着替えるため、紗良も早乙女も服装にはあまり気合いが入っていない。職業上、清潔を保つことには注意を払うが、お洒落《しやれ》とは無縁だ。早乙女は色褪《あ》せたチェックのネルシャツにジーンズ姿で、コンロの前に立ち玉子焼きをつくっている。食欲をそそる香りに誘われて、紗良はフライパンをのぞきこんだ。

「いい匂い……」

「砂糖の代わりに蜂蜜《はちみつ》を入れたんだ。まろやかでふわっとした感じになるよ」

早乙女はフライパンを軽く動かしながら、菜箸《さいばし》を使ってくるくると玉子焼きを巻いていく。プロの料理人ならではの、手早く無駄のない手つきにほれぼれする。

「朝は和食を食べたいんだよね。あ、もちろんパンも好きだけど」

「ふふ。わたしもパンよりご飯が食べたくなる日がありますよ」

小さく笑った紗良は、戸棚から愛飲している青汁の箱をとり出した。各自の食糧には名前を明記しておく決まりで、紗良もしっかり守っているが、こればかりは同じ寮に住む要《かなめ》や小夏《こなつ》から「誰も手をつけないから大丈夫」と太鼓判を押されている。

早乙女もまた、紗良の手元を見て頬を引きつらせた。

「メイさん、まさかそれ飲むの……?」

「ええ。最近は朝食の前に一杯飲もうって決めているんです。このところ野菜が足りない気がして、これで少しは補えるかなと」

「苦くない?」

「はじめはきつかったですけど、慣れたらそれほど気にはなりませんよ」

紗良は冷蔵庫から出した牛乳をコップにそそぎ、青汁の粉末を加えて混ぜる。早乙女が好奇心に満ちた表情で見つめていたので、彼にも一杯ふるまうことにした。

「どうぞ」

「ありがとう。いただきまーす」

早乙女にコップを渡した紗良は、いつものように腰に片手をあて、一気に青汁を飲み干した。それを見た早乙女は意気揚々と真似をしたが、一口飲んだ瞬間に「うげえ」と顔をゆがめる。素直な人だから、表情を見れば本音が丸わかりだ。

「大丈夫ですか?」

「ご、ごめん。その、なかなか強烈だね……」

「一応、これでも水に溶かすよりも優しい味になってはいるんです。でも、はじめてだとやっぱり苦いですよね。無理でしたら残しても」

「いや、飲むよ。残すなんてもったいない」

彼はひとつ深呼吸をすると、鼻をつまんで青汁を飲み干した。紗良を気遣ってか「栄養満点って感じだね」と言いながら、なんとか笑おうとしているところは、彼の人柄が如実にあらわれている。

朝食をとったのち、紗良と早乙女は寮を出てホテルに向かった。小柄な早乙女の身長は紗良より二、三センチ高い程度で、並んで歩くと目線の位置もほぼ同じになる。

「うう、だいぶ冷えこむようになってきたぞ」

「風邪をひかないように気をつけましょう」

この季節、朝の五時前はまだ夜が明けていない。敷地内にはところどころにアンティーク風の庭園灯が設置されており、周囲をやわらかな光で照らしている。

赤茶色のレンガが特徴的な、重厚でありながらエレガントな猫番館の外観は、昼間でもじゅうぶん人の目を楽しませている。それだけでも満足なのに、日没後にライトアップされたホテルの幻想的な美しさは、思わずため息がこぼれるほどだ。

いまは消灯しているが、ライトアップの時間になれば、妖精の世界にでも迷いこんだかのような感覚を味わうことができるだろう。薔薇《ばら》が咲く時季はローズガーデンにも明かりが灯《とも》され、夜の闇《やみ》に浮かび上がるあざやかな花々を愛《め》でられる。「日常からの解放」というコンセプトにふさわしい、夢のような光景だ。

「でも、薔薇もそろそろ終わりかな。見頃は過ぎたし」

「十二月に入ったら、また忙しくなりますよ」

「次はクリスマスかー。今年の特別ディナーのメニュー、シェフはもう決めたのかなぁ」

話しながら歩いているうちに、従業員用の出入り口にたどり着いた。鍵を開けて中に入り、それぞれの更衣室で着替える。

(昨日は何事もなかったし、今日も平和だといいな)

料理長の不在は緊張するが、幸い昨日はトラブルもなく平穏に終わった。隼介が帰ってくるまであと二日、なんとか無事に乗り切っていきたい。

「よし、準備OK!」

ユニフォームに袖《そで》を通した紗良は、今日も張り切って仕事にとりかかった。


「あ、そうだ。忘れてないとは思うけど、今日からスイートルームにお客が入るぞ」

宿泊客に朝食を提供したのち、紗良と早乙女が協力して、使用ずみの食器や調理器具を片づけていたときだった。紗良たちよりも遅くに出勤してきた叔父が、流しで手洗い用の石鹸《せっけん》を泡立てながら話しかけてくる。

「二泊三日の予定で、お二人様だそうだ」

「やっぱり今月は多いですね」

洗い終えたグラスを布巾で拭いていた早乙女が、感嘆の息をつく。

「しかも二泊かー。僕も一生に一度でいいから泊まってみたいなぁ」

猫番館には一般客室のほかに、豪華な内装ときめ細やかなサービスを売りにしたスイートルームを一部屋、二階の南翼に設けている。

館内でもっとも日当たりがよく、なおかつローズガーデンを見下ろせる位置にある部屋なので、いまの季節は最高の景色を楽しめる。料理やお酒はもちろん、アメニティなども特別なものが用意され、支配人もしくはコンシェルジュの要が執事《バトラー》となって、あらゆる雑用を承《うけたまわ》るのだ。

猫番館の宿泊料は、もっともお手ごろなプランでも、一泊二食つきで二万五千円前後。スイートルームになると、安い時季でも八万円からとなる。薔薇の季節はハイシーズンのため、現在は十万近くまで上がっていた。

連日満室とまではいかないが、いまはスイートルームの稼働率も普段より高めだ。常連の中には富裕層の顧客が少なからずいて、最高の部屋で薔薇を見たいと、毎年一定数の予約が入るのだ。この間にどれだけの利益を上げられるかによって、来月のボーナス額が決まるというので、忙しくても頑張って働こうと思える。

「今日のお客さまは常連の方なんですか?」

「いや、はじめてだとさ」

爪の間までブラシで丁寧に洗いながら、叔父は記憶を手繰《たぐ》るように宙を見つめる。

「えーと……名前はなんて言ったかな。さっき支配人から聞いたんだが」

「小宮山《こみやま》様、だそうですよ」

答えたのは早乙女だった。

彼が手にしているのは、一冊の大学ノート。ここに必要事項を記入し、ミーティングや申し送りの際に、厨房スタッフたちの間で情報を共有するのだ。

「もうお一方《ひとかた》は雪村《ゆきむら》様。本日の夕食は和風フレンチをご希望されていますね。二日目は通常のコースになさるそうです」

猫番館で提供している夕食は、季節の食材を使ったフランス料理のコースだ。

アラカルトではないため、メニューを選ぶことはできない。食物アレルギーや病気で食べられない食材があるときは、予約の際に申告していただくことになっている。

一方で、スイートルームの宿泊客は、ホテル側が提示した二種類のコースの中から、好きなほうを選択できる。和の食材を組みこんだフレンチは隼介が得意としており、常連客から高い評価を得ていた。隼介から手ほどきを受けているので、早乙女も同じ味でつくることができるそうだ。

「支配人の話では、お客様はどちらもご年配の女性だそうです。あまり多くの量は召し上がれないから、メイン料理を一品にしてほしいとのご希望で」

「コース内容は?」

暗記しているのか、早乙女はすらすらと答える。

「最初にお出しする突き出し《アミューズ》は、秋鮭《あきじやけ》のグラステリーヌにイクラを添えて。前菜は鎌倉《かまくら》野菜を使った黒トリュフとマッシュルームのサラダです。スープは伊勢海老《いせえび》のビスクを。メインは黒毛和牛のローストで、山葵《わさび》と醤油のソースでさっぱりとした味わいに」

「ほほう、いいねえ。赤ワインと合いそうだ」

叔父がにやりと笑った。想像するだけでおいしそうな香りがただよってきそうだ。

「本来なら魚料理もあるんですけど、こちらはご希望通りに除外します。魚介類はアミューズとスープで使いますから。デザートは高瀬さんの担当ですよ」

「ああ。今回は渋めに抹茶《まっちゃ》ティラミスで行く。京都から質のいい抹茶を仕入れたんだ。評判がよければ、来年から喫茶室の新メニューとして売ってみようかと思って」

「メイさんはどう?」

水を向けられた紗良は、頭の中でこれからの予定を反芻《はんすう》する。

「夕食には米粉のパンをつくります。明日の朝食についてもご要望があるので、そちらの仕込みも今日中に」

「了解です」

早乙女はポケットからカラフルなメモ帳をとり出した。叔父と紗良の言葉を書き留めているのか、ボールペンを走らせる。

「小宮山様も雪村様も、今回がはじめてのご宿泊だからな」

洗い終えた手を拭いた叔父は、続けてアルコール消毒液をすりこんでいく。仕事をはじめる前には、こうやって二重の消毒を行うのが決まりなのだ。

厨房で働く者として、特に徹底しなければならないのは衛生管理だ。消毒を怠《おこた》って食中毒でも出した日には、ホテルの評判は地の底まで落ちてしまう。そのため厳格な隼介はもちろん、ゆるい性格の叔父もこればかりは気を抜かない。

「何度も言われていることだが、スタッフの接客態度と食事の満足度は、ホテルの評価において大きな比重を占める。スイートルームともなれば、より細やかな一流のホスピタリティを求められて当然」

紗良と早乙女は、神妙な面持《おもも》ちで話に耳をかたむける。

「猫番館を気に入ってもらえたら、リピーターになってくれるかもしれない。逆にお客の期待に応えられなかったときは、二度と予約は入らないだろう。そこのところは常に頭に入れておくように」

「はい！」

叔父は機嫌よく笑った。

「よーし、いい返事だ。気負いすぎるのもよくないから、ほどほどの緊張感でな」

スイートルームに宿泊するお客は、常連のように富裕層ばかりとは限らない。人生のたいせつな記念日に、一生の思い出として泊まりに来る人もいれば、同僚の小夏が以前に経験したように、自分へのご褒美として奮発する人もいるだろう。

今回のお客が、どのような経緯で猫番館を選んでくれたのかはわからない。

しかし理由がなんであろうと、自分たちがするべきことは決まっている。お客が快適に過ごせるよう気を配り、また来たいと思ってもらえるようなおもてなしをすること。それはスイートルームに限らず、すべてのお客に通じることだ。

(どんなお客さまにも、満足していただけるように頑張ろう)

そう思っていたのだが……。

「――ど、どうしたんですか!?」

夕食の時間が終わったころを見計らい、紗良が厨房に入ったときだった。

目撃したのは二体の屍《しかばね》……もとい、力なく事務用机に突っ伏した早乙女と、魂《たましい》でも抜かれたかのような雰囲気で、スツールに座っている桃田の姿。紗良は夕方前に退勤したので事情はわからないが、いったい何があったというのだろう?

「ああ、メイさん……。今夜もパンの試作を?」

のろのろと顔を上げた早乙女が、絶望に満ちた声を出す。

「そうですけど……。それより何があったか教えてください。早乙女さんだけならまだしも、桃田くんまでこんなことになるなんて。よほどのことがあったのでは？」

感情をあまり表に出さず、いつも沈着冷静な彼が、いまは早乙女と同じようにがっくりとうなだれているのだ。これだけでもただごとではないとわかる。

「桃田くんは悪くないよ。すべては僕のミスが招いたことなんだ……」

「早乙女さんのミス？」

うなずいた彼は、「あああ」とふたたび頭をかかえる。

「何か失敗をされてしまったんですか？」

「そう。しかもよりによって、スイートルームのお客様の前で」

「えっ」

「原因は夕食のスープだった……」

遠い目をした早乙女は、さきほど起こった事件について、ぽつりぽつりと語り出した。

彼の話によると、早乙女はスイートルームの夕食用に、伊勢海老のビスクをつくったのだという。料理長直伝のそれは、伊勢海老の殻《から》はもちろん、弾力のある身もまるごと贅沢《ぜいたく》に使われている。炒《いた》めた海老に完熟トマトや香味野菜、生クリームなどを加え、丁寧な裏ごしを繰り返してなめらかに仕上げた一品だ。

「シェフのつくり方《ルセット》だと、最後に生クリームを垂らして、彩り用のイタリアンパセリを散らすんだ。今日もその通りにしたんだけど、小宮山様はパセリがお嫌いで、料理には使わないでくれって言われていたのを忘れていて……」

早乙女は大きなため息をついた。

「メモを付箋《ふせん》に走り書きしたのが失敗だった。あとで連絡ノートに貼りつけておくつもりだったのに、それっきりにしちゃったんだよ」

「そうだったんですか……」

「パセリについては、雪村様から支配人にご指摘があったんだ。大至急パセリなしのスープを用意して、桃田くんに渡したというわけ。けど、そこでまたトラブルが……」

今夜のスイートルームの給仕は、支配人が担当していた。桃田は食堂のお客に料理を運ぶ仕事と並行して、スイートルーム用の食事を二階に上げる作業も行っていたという。厨房には小型のダムウェーターが設置されており、それを操作するのだ。

桃田に視線を向けると、彼は死んだ魚のような目で教えてくれる。

「あのときは俺もあわてていて……。一秒でもはやく届けようとしたら、調理台の角にぶつかって、スープ皿をひっくり返してしまったんです」

「ああ……負の連鎖が」

そのときの混乱ぶりを想像して、紗良は思わずうめいた。桃田は普段、そのような失敗はまずしない。よほど焦っていたのだろう。

「スープはまだ残っていたから、早乙女さんがもう一度盛りつけてくれたんです。でもやり直したぶん時間がかかって、お客様をさらにお待たせしてしまいました」

意気消沈した桃田が肩を落とす。それは落ちこむのも無理はない。

「それで早乙女さん、その件はクレームになったんですか？」

「いや。そのときは支配人が謝罪してくださって、次からは気をつけるようにってことですんだみたいなんだ」

「そうですか。大事にならずによかった」

「うん……。でもミスをしたことには変わりないから。これがもし体調に影響がある食材だったら、大変なことになっていたよ。考えただけでおそろしい……！」

早乙女は青ざめた顔で身震いする。

「シェフは僕を信頼して、留守の間の厨房をまかせてくれたんだ。それなのにこんな初歩的なミスを……。支配人にも迷惑をかけちゃったし、なんて情けないんだ。シェフが旅行から帰ってきてこのことを知ったら、失望されるだろうなぁ……」

「早乙女さん……」

彼は隼介よりも三つ年下で、大きく年齢が離れているわけではない。しかし料理人としてのキャリアには差があり、高校を卒業してすぐに修業をはじめた隼介に対して、早乙女は大学を出てから料理の道に入ったそうだ。

『バイトしてたチェーン展開のフレンチレストランに、そのまま就職したんです。もともと料理をするのは好きだったから。でも二年くらい前にリストラされちゃって』

以前、従業員寮で飲み会があったとき、早乙女は隼介との出会いについて語っていた。

『家賃補助があったマンションにも住めなくなって、あのときはやばかったなー。そんなときに、運よくシェフと知り合ったんです』

それまで勤めていた店を辞め、猫番館の料理長となったばかりの隼介は、自分を補佐してくれる料理人を探していたという。フランス料理を専門としている早乙女は、隼介が求めていた人材の条件に、ぴたりとはまったのだ。

『天宮隼介といえば、この業界じゃちょっとした有名人ですからね。そんな人の下で働けるなんて、夢のようだと思いましたよ。知っての通りめちゃくちゃ厳しいし、最初のころは叱《しか》られまくったけど、料理の腕は確実に上がっていきましたからね。愛の鞭《むち》です』

その場にいた隼介は『最後は余計だ』と渋い顔をしていたが、酔っ払った早乙女は嬉しそうに笑っていた。

心から尊敬している人に、自分の失敗を知られてしまう。紗良にも師匠がいるから、失望されたらどうしようと恐れる気持ちは、痛いほどよくわかった。

（天宮さんがこの場にいたら、早乙女さんにどんな態度をとるのかな……）

上司として叱りはするだろう。とはいえ理不尽なことはしない人だし、見るからに反省している相手には、追いこむような言葉は向けない気がする。むしろ――

紗良はコンロの前に立つと、ケトルでお湯を沸かした。これも賄《まかな》いの一種だということにして、ハーブの棚からジャーマンカモミールが入ったガラス瓶をとり出す。

ふたりぶんのハーブティーを淹《い》れてから、紗良は彼らの前にカップを置いた。湯気立つカップから、青りんごのような甘酸っぱい香りが広がっていく。

「これを飲んで体をあたためてください。カモミールには気持ちをリラックスさせる効果があるんですよ」

「……………」

「起こってしまったことは取り消せませんし、自分を責めるだけでは、いつまでたっても前には進めないと思います。いまはしっかり反省して、同じ失敗を繰り返さないためにはどうすればいいかを考えませんか？　お客さまもクレームは入れずに、次からは気をつけるようにとおっしゃってくださったんですから」

「……うん、そうだね。メイさんの言う通りだ」

早乙女はふっと微笑《ほほえ》んだ。桃田とともに、黄金色のハーブティーに口をつける。

やがてカップが空になると、ふたりの顔にはほんのりと赤みが差していた。さきほどよりも目に力が戻ったような気がする。

「よし！　桃田くん、一緒に報告書と反省文を書こう。それで気持ちを切り替えるんだ」

「はい。今後はよりいっそう気をつけます」

(よかった。少しは元気になったみたい)

立ち上がったふたりを見て、紗良はほっと胸を撫《な》で下ろしたのだった。


それから一夜が過ぎた、翌朝の八時少し前。

紗良はできたての朝食を載せたワゴンを押しながら、スイートルームに向かっていた。

(朝食は八時から。時間ぴったりにノックすること……)

ドアの前に到着した紗良は、腕時計に目を落とした。夕食は支配人が給仕をしたが、朝食は厨房スタッフが担当することになっているのだ。ポケットから手鏡をとり出した紗良は、身だしなみに乱れがないかを確認する。

八時になると、紗良はドアの横に取りつけられている呼び鈴を鳴らした。真鍮《しんちゅう》製のノブを握ってドアを開け、ワゴンとともに中に入る。

「おはようございます。朝食をお持ちいたしました」

「ありがとう。あら、昨日の方とは違うのね」

声をかけてきたのは、リビングのソファに座っている、細身の老婦人だった。

八十歳を優に超えているだろう彼女は、ゆったりとした黒いスラックスを穿《は》き、あたたかそうなニットのカーディガンをはおっている。白髪まじりの髪は短めに切りそろえられており、あらわになった細い首が少し寒そうだ。

そして彼女の向かいには、上品な着物を身にまとう、もうひとりの老婦人が腰かけていた。薄鈍《うすにび》色とでも言えばいいのか、淡いグレーの江戸小紋の袷《あわせ》に、雪輪模様が描かれた帯を締めている。年齢は細身の女性と同じくらいだろうか。ほぼ真っ白の髪はきっちりと結い上げられており、丁寧なお化粧がよく映えている。

同じ部屋に泊まっているので姉妹かと思ったが、顔立ちはまったく似ていない。細身の女性が牡丹《ぼたん》なら、着物の女性は清楚《せいそ》な百合《ゆり》。系統は異なるが、どちらも美しい人だ。若いころから注目を集めていたに違いない。

着物の女性が、切れ長の目を紗良に向ける。

鋭いまなざしを受け、背筋に緊張という名の電流が走った。

「あなた、お名前は？」

「た……高瀬と申します。本日はわたくしが給仕をさせていただきます」

動揺したものの、紗良はすぐに我に返って一礼した。支配人から仕込んでもらったお辞儀だったが、ぎこちない動きになってしまう。

「高瀬さんね。よろしく……」

ふいに、着物の女性が眉を寄せた。ソファから立ち上がり、こちらに近づいてくる。

「あの……？」

彼女は紗良の右肩に手を伸ばし、一本の髪の毛をつまみ上げた。栗色のそれは、まぎれもなく自分の髪だ。おのれの失態に気づき、紗良の顔がさっと青ざめる。

「接客業に従事しているのですから、身だしなみには細心の注意を払わなければなりませんよ。飲食にかかわる仕事であればなおのこと、気をつけるべきです」

「も、申しわけございません！」

紗良は深く頭を下げる。部屋に入る前にチェックはしたのだが、甘かった――

うろたえていると、細身の女性が「葉月《はづき》さん」と呼びかけた。おだやかな声に着物の女性が反応し、そちらを見る。

「お嬢さんがおびえているわよ。もう少し優しくしてあげなさいな」

その言葉に、葉月と呼ばれた女性は気まずそうな顔になる。

「別に怒っているわけではないのだけれど。……やっぱり怖そうに見える？」

「うーん……。無意識に厳しくなってしまうのは、現役時代の名残なのかしらねえ。引退してだいぶたつのに、いまだに旅館の女将《おかみ》が染みついているんだもの」

「信子《のぶこ》さんだって料亭に嫁いで女将になったじゃない」

「私はもう忘れちゃったわー。引退したの、二十年以上も前よ？」

会話を聞いているうちに、彼女たちの名前が判明する。代表者のフルネームが「小宮山信子」だったから、細身の女性がそうなのだろう。そして夕食のミスを指摘したというお客が、着物姿の「雪村葉月」なのだ。

（雪村さまは女将のお仕事をされていらしたから、接客には厳しいのね）

旅館を切り盛りしていたのなら、彼女はいわば接客のプロだ。たしかに和服を自然に着こなしているし、立ち居振る舞いにも品格が感じられる。

自分が好印象の接客をすれば、厨房スタッフに対する評価も少しは変わったかもしれない。そう思っていたのだが、即座に身だしなみを指摘されてしまった。肩を落としかけたけれど、時間は戻せない。気持ちを立て直して働こう。

「すぐにご用意いたしますので、少々お待ちくださいませ」

スイートルームはリビングダイニングと寝室の二部屋に分かれており、食事は指定された時間に、スタッフが部屋まで運ぶことになっている。

紗良はワゴンを押し、ミニバーの近くにある飴《あめ》色のテーブルに横付けした。汚れ防止の白手袋をはめ、まずは滑り止めのアンダークロス、そして薔薇の模様が織りこまれた純白のクロスをかける。それから手早く食器とカトラリー、グラスを並べていった。

清潔感を出すために、朝の食器は白で統一されている。無地ではなく、苺《いちご》の柄を浮き彫りにした、英国の有名なブランドものだ。ナイフやフォークはスイートルームのために用意された洋白銀器で、食堂で使うステンレス製とは一線を画する。時間がたつと変色するため、定期的なお手入れが必要な食器でもあった。

白いテーブルには、新鮮なサラダの緑や、ふんわりと仕上げたプレーンオムレツの黄色がよく映える。焼き立てのパンを盛りつけたカゴを置き、差し色として深紅《しんく》の薔薇を活けた一輪挿しを飾れば、セッティングの完成だ。

「お待たせいたしました。どうぞお召し上がりください」

「ありがとう」

「ゆうべの食事もおいしかったのよ。楽しみだわ」

「あ、夕食といえば……。スープの件は大変申しわけございませんでした」

紗良が頭を下げると、信子夫人が「ああ」と苦笑した。

「パセリのことね。見た目はきれいなんだけれど、あれだけは昔からどうにも苦手で。お手間をとらせてしまったわ」

「いえ、こちらのミスなので当然です」

「昨日も言ったけれど、もう気にしていないわよ。だからシェフの方にもそう伝えてくださるかしら」

紗良が引いた椅子《いす》に座ったふたりは、さっそく朝食をとりはじめた。

「あら？　このパン、もしかして……」

「はい。雪村さまのご要望に応じておつくりいたしました」

「葉月さん、何かお願いしたの？」

首をかしげる信子夫人に、葉月夫人が説明する。

「信子さんが予約をとったあと、ホテルに連絡したのよ。朝食に雑穀を使ったパンを出してほしいと頼みたくて。私、毎朝必ず雑穀米を食べることにしているから」

「なるほど。さすがの葉月さんも、洋風のホテルにお米を炊《た》けとは言えないものねえ」

「あたりまえでしょう。だったらパンならどうかと思って」

信子夫人曰《いわ》く、昨夜に和風フレンチを頼んだのも、葉月夫人の好みが和食だからなのだという。そんな彼女がなぜ、猫番館の宿泊を承諾したのかはわからないが、せっかく来てくれたのだから、思い出に残る時間を過ごしてほしい。そんな願いをこめて、紗良は葉月夫人から依頼された雑穀パン《パン・オ・セレアル》を焼き上げたのだ。

今回は国産の小麦粉に、玄米やライ麦、大豆などの雑穀を六種類加え、食パン型に入れて焼成した。もちもちとした食感の、栄養価の高いパンだ。

ちぎった食パンを口に運んだ葉月夫人は、ややあって満足げにうなずいた。具体的な言葉はなかったが、黙々とパンを平らげていく。

(よかった……!)

どうやらお気に召してもらえたらしい。紗良は安堵《あんど》の笑みを浮かべた。

「――私たち、同じ女子校に通っていたのよ。中学から高校までの六年間ね」

邪魔にならないよう、影に徹して給仕を行っていると、信子夫人が笑顔で話しかけてきた。遠方に住んでいる孫娘が紗良と同年代らしく、親しみを感じてくれたのだろう。

彼女の話によると、ふたりは高校の卒業でいったん離れ、四十年以上も連絡をとっていなかったそうだ。交流が復活したのは、還暦《かんれき》を迎えてからのこと。同窓会をきっかけにふたたび会うようになり、現在も続いているのだという。

「いまでもきれいだけど、当時の葉月さんは、それはもう美しくてね。そのうえ成績も優秀だったし、実家は老舗《しにせ》旅館のご令嬢！　まさに高嶺の花だったわー」

「成績は信子さんもよかったし、運動神経は私より上だったじゃない。それにいつもお友だちに囲まれていてうらやましかったわ」

料理とパンに舌鼓《したつづみ》を打ちながら、彼女たちは昔話に花を咲かせる。

朝食を食べ終わると、紗良は厨房に戻って珈琲を淹れた。部屋に運ぶと、カップに口をつけた信子夫人が、うっとりした表情で言う。

「猫番館は外観も内装も、本当に素敵。こんなホテルに泊まれるなんて最高だわ」

「よろこんでいただけて嬉しいです」

「五、六年前だったかしら。猫番館のことは雑誌の特集で知ったのよ。一度は泊まってみたかったホテルだから、予約がとれてよかったわ。でも特別な日にひとりで過ごすのもさびしいでしょう。そう思っていたら、葉月さんが一緒に行くと言ってくれて」

「特別な日？」

「ええ。実は今日、私の誕生日なの」

「それはおめでとうございます！」

紗良の祝福を受け、信子夫人は「ありがとう」と表情をほころばせた。

「私も葉月さんも、夫は何年も前に亡くなっていてね。だから気兼ねせずに好きなところに遊びに行けるのよ。最近はええと、女子会っていうんだったかしら？　仲良しの女性たちが集まって、楽しく過ごすことが流行《はや》っているのよね」

「はい。当ホテルにも女子会プランがございますよ」

「私たちが若いころは考えられなかったことだわ。いい時代になったわねえ」

珈琲の香りを堪能しながら、信子夫人はしみじみとした口調で言った。

「今日はどこか観光に行かれるんですか？」

「いいえ。葉月さんは県内だし、私も東京に住んでいるから、わざわざ観光するまでもないのよ。今回はホテルでのんびり過ごさせていただくわ」

「かしこまりました。何かご入り用の際には、なんなりとお申しつけください」

老後に親しい友人と行く、気楽な旅。観光ではなくホテルステイを楽しむところは、余裕のある大人ならではの過ごし方だ。自分もいつかそのような旅行をしてみたい。

そんなことを考えつつ、紗良はスイートルームをあとにした。


ふいに意識が浮上して、信子はゆるゆると目を覚ました。

時刻は十二時を少し過ぎたところだった。三時間も眠っていたらしい。

（やっぱり前より疲れやすくなっているわね……）

ため息をついた信子は、ゆっくりと上半身を起こした。

猫番館のスイートルームには、キングサイズのベッドが一台置いてある。葉月と共有しても、じゅうぶん余裕がある広さだ。寝具にこだわっているという評判通り、マットレスの寝心地は抜群だし、目覚めたときに体のどこかが痛くなるようなこともなかった。

（葉月さんはリビングかしら）

朝食をとったのち、信子は少し休むと言って寝室に引き揚げたのだ。

ベッドから抜け出し、スリッパを履《は》いてリビングに入る。広々とした室内はしんとしていて、葉月の姿は見当たらなかった。ローテーブルの上にメモがあり、友人らしい几帳《きちょう》面《めん》な字で、『元町《もとまち》商店街に行ってきます』と書かれている。

『十三時までには戻るから、一緒に昼食をとりましょう』

猫番館では昼食の提供はしていないのだが、スイートルームの宿泊客に限り、食事を頼むことができる。予約は葉月が行ったので、詳しいことはよく知らない。

窓辺に立った信子は、ローズガーデンを見下ろしながらつぶやいた。

「元町ね……」

ここからさほど遠くはない場所だが、最近はご無沙汰している。

葉月は明日、猫番館をチェックアウトしたら、その足で東京に住む孫夫婦の家をたずねるのだと言っていた。夏に生まれたという曾孫《ひまご》と初《はつ》対面を果たすためだ。そのときに渡す贈り物を買いに行ったのだろう。

一緒に選んであげたかったのだが、あいにくいまの信子には、あちこち歩き回れるほどの体力がなかった。今回の旅行も、近場であるということと、観光はせずホテルで過ごすという約束で、主治医から許可をもらったのだ。

(体重もずいぶん落ちちゃったし……。この歳《とし》になると太るのもむずかしいのよね)

自嘲《じちょう》気味に笑った信子は、すっかり肉が落ちてしまった頬に触れる。食欲は戻ってきているのだから、せめてもう少しふっくらしてほしい。

持病が悪化した関係で、信子は今年に入ってから入退院を繰り返している。

最近になってようやく回復したが、体は痩《や》せ細り、体力もがくんと落ちてしまった。電車にも長く乗っていられなかったため、同居している大学院生の孫に頼み、車でホテルの前まで送ってもらったのだ。

『それじゃ、帰りにまた迎えにくるから』

『悪いわねえ』

『久しぶりに友だちと会うんだろ？　楽しんできなよ』

まだまだ若いつもりでも、信子はすでに九十近い。いつお迎えが来てもおかしくないのだと思うと、まるで呪いのように体が重く感じてしまう。病は気からという言葉があるけれど、これも心の問題なのだろう。

寝室に戻った信子は、ふと思い立ち、大きな姿見の前に移動する。

映し出されたのは、地味な色のスラックスを穿き、野暮ったいカーディガンをはおったひとりの老女。お化粧はまったくしていないため、顔色も冴えない。栄養不足の肌には潤いがなく、しわだらけでカサカサだ。

「……ひどいものね」

自分の姿を直視できずに、信子はたまらず視線をそらした。

以前の自分は自分磨きが大好きで、髪や肌のお手入れは欠かさず行っていたし、お化粧にも気合いを入れていた。洋服やアクセサリーにも気に入っているブランドがあり、季節ごとに新作が発表されるのをいつも楽しみに待っていたのだ。

それがいまはどうだろう？

闘病中は苦しくて、お洒落どころではなかった。無事に回復して退院にこぎつけたときは嬉しかったが、信子はほどなくして、自分が失ったものに気がついた。

ほどよく肉がついていた体は、数カ月の間にすっかりやつれてしまっていた。眼窩《がんか》は落ちくぼみ、肌の血色も悪くなったことで、驚くほど老けて見えたのだ。

——これがいまの私……。

ショックのあまり、信子はそれ以降、ほとんど鏡を見ることがなくなった。これでは着飾っても高が知れているとあきらめてしまい、気力を失ったまま現在に至っている。

(いけない。せっかくの旅行なのに)

信子は軽く頭をふった。

女性の平均寿命に達したいま、自分があとどれくらいこの世にいられるのかはわからない。だからこそ、悔いを残さないためにもやりたいことをやっておこうと思った。猫番館のスイートルームに泊まることも、そのひとつだ。

いまは余計なことは考えず、友人との旅行を満喫しよう。

(気分転換がしたいわ。館内でも散歩してみようかしら)

信子は睡眠中に乱れてしまった髪をとかしてから、ボリューム不足を隠すためのニット帽をかぶった。貴重品と鍵を持って部屋を出る。

二階では客室の清掃が行われていて、エプロン姿の女性と鉢合《はちあ》わせた。

「お仕事中なのね。お疲れ様」

「恐れ入ります。あわただしくて申しわけございませんが、ご容赦《ようしゃ》くださいませ」

一礼した客室係が掃除用具を手に、機敏な足どりで客室に入っていく。

自分も料亭の女将だったころは、上質な着物に袖を通し、きびきびと働いていた。当時は多忙な毎日と複雑な人間関係がストレスで、はやく引退してのんびりしたいと思っていたが、いまとなってはそんな気持ちすらなつかしい。

階段の前にたどり着いた信子は、手すりをつたって一階に下りた。階段を踏み締めるたびに、木造のそれが小さくきしむ音が聞こえてくる。

踊り場にはアーチ型の窓があり、レトロなステンドグラスがはめこまれていた。外から差しこんでくる光が、信子の体を優しく包みこむ。

——ああ、なんてきれいなの。

夢のような光景に、信子の心が感動に震える。

自分は少女のころから、異国情緒にあふれる西洋館にあこがれていた。

嫁ぎ先は日本文化を重んじる、外国かぶれを嫌う家だったので、夫や姑《しゅうとめ》の前では何も言えなかった。しかし本当は、海外文学や洋画に出てくるようなお屋敷で、重厚な調度品に囲まれて過ごしてみたかったのだ。

（まさかこの歳になって夢がかなうとはね）

階段を下りた先には、吹き抜けのロビーが広がっていた。

コンシェルジュデスクには誰もいなかったが、フロントでは背広姿の支配人が仕事をしている。昨日の夕食で給仕を担当していた紳士は、信子の存在に気がつくと、やわらかく微笑んで会釈をしてくれた。

チェックインにはまだはやい時間のためか、ロビーにいる人は少なく、まったりとした空気が流れている。フロントのそばにはアンティークチェアが一脚置かれており、昨日はそこにホテルの看板猫が鎮座していたのだが、いまは不在だ。

「ふう……」

たいして歩いていないのに、もう疲れてしまった。信子はロビーにある応接用のソファに腰を下ろす。屋号にちなんでいるのか、三人がけのそれは可愛らしい猫足だ。

背もたれに体をあずけた信子は、ロビーを行きかう人々をぼんやりと見つめる。

通り過ぎていくのは、お客よりも従業員のほうが多い。書類を手にした事務員らしき女性に、青い制服をまとい、眼鏡をかけたベルガール。荷物が先に到着したのか、配送伝票がついたスーツケースを運ぶベルボーイもいた。

(私も昔はああやって、目まぐるしく仕事をしていたのよね……)

「小宮山さま?」

ふり向くと、そこには見覚えのある若い女性が立っていた。コックコートに臙脂《えんじ》色のタイをつけ、同じ色の帽子をかぶった彼女は、朝食を運んできてくれたパン職人だ。

「お散歩中ですか？」

「ええ。きれいな薔薇ね」

パン職人の彼女がかかえている花瓶には、赤やピンクの薔薇が美しく活けられている。

猫番館の館内には客室をはじめ、フロントにコンシェルジュデスク、食堂のテーブルや各階の廊下に、みごとな花を活けた花瓶やアレンジメントが飾られていた。華やかさと季節感を演出するためだろう。

「ローズガーデンの薔薇？」

「いいえ、こちらは提携している生花店から仕入れているものです。ローズガーデンに咲く花を切ることはめったにいたしません」

彼女はおっとりした口調で答えた。

「本日は十三時からアフタヌーンティーのご予約を承っておりますので、その準備を」

「あら、いいわね。どこでやっているの？」

「喫茶室のテラスです。じゅうぶんなおもてなしをさせていただくために、一日につき一組さましかお受けすることができなくて……。数量限定ですが、おかげさまで年始まで予約で埋まっております」

「人気なのねえ。知っていたら私も予約していたのに……残念だわ」

パン職人の女性が「え？」と小首をかしげた。何かおかしなことでも言っただろうか。

「どうかした？」

「あ、いえその。もうご存じだと思っておりましたので……」

彼女が意味ありげなことを口にしたとき、エントランスの扉が音を立てた。両開きのそれを開けたのは、昨日チェックインの手続きをしてくれたコンシェルジュの青年だ。ややあって中に入ってきたのは、着物に長羽織姿の葉月だった。

優雅という言葉がふさわしい彼女は、ソファに座る信子を見て、軽く目を見開く。

「あら信子さん、起きていたのね」

「おかえりなさい。贈り物は見つかった？」

「孫の嫁にレースのハンカチを買ってみたの。あとは自分用にショールを一枚」

「衝動買い？」

「きれいな柄だったからつい……。あの子の趣味には合わないかもしれないけれど、まあとりあえず渡してみましょう。冠婚葬祭にも使えるでしょうし。あとはどこかで菓子折りを買って、それを持って行くわ」

「出産祝いはいいの？」

「それは生まれたときに送ったわよ。赤ん坊用の食器セットをね」

葉月は背後のコンシェルジュに合図を送った。従者のごとく控えていた彼が、百貨店のロゴが入った紙袋をうやうやしく手渡す。

バトラーサービスの中には、車での送迎も含まれている。葉月は買い物をするため、彼を足として使ったのだろう。慣れていない人は恐縮してしまいそうだが、葉月はさすがと言うべきか、堂々としたものだ。

紙袋を受けとった葉月は、それを信子に向けて差し出した。

「これは信子さんへのプレゼントよ。お誕生日おめでとう」

「葉月さん……」

「気に入ってもらえたら嬉しいのだけれど」

お礼を言った信子は、紙袋の中からきれいにラッピングされた包みをとり出した。

その場で包装紙をはがしていくと、やがて箱の中から植物をモチーフにした模様のスカーフがあらわれる。ゴールドやオレンジ、黄色を基調にした秋らしい色合いだ。

「あたたかみがあって素敵ですね。小宮山さまによく似合われると思います」

「……」

パン職人の彼女は褒めてくれたが、信子はスカーフを手にしたまま、きゅっと唇を引き結んだ。色柄は自分の好みだし、つややかな絹地の手ざわりは、うっとりするほどなめらか。信子に似合いそうだと思って選んでくれた、葉月の真心も嬉しい。

それなのに、胸の奥で渦《うず》巻く負の気持ちを止められない。

「信子さん？」

「……ありがとう。葉月さんはやっぱりセンスがいいわね。とても気に入ったわ」

声をしぼり出した信子は、一呼吸置いてから「でも」と続ける。

「素敵すぎて、いまの私には分不相応だと思うの」

「何を言っているの。そんなことないわよ」

「ごめんなさいね。卑屈《ひくつ》になっているのは自覚しているわ。後ろ向きなことばかり考えてしまう自分が嫌でしかたがないのだけれど、やっぱり抵抗があって……」

「少しくらい痩せたからってなんだというの。信子さんは信子さんよ」

友人が自分のことを思ってくれているのはわかる。しかし、たいしたことではないと言わんばかりの口調には、やはりむっとしてしまう。

「葉月さんには理解できないでしょうね。歳をとっても健康で、いまでも変わらずきれいなままなんだから」

言葉を失った友人を見て、信子の胸に罪悪感が広がる。これ以上この場にいたら、さらに彼女を傷つける言葉を放ってしまうかもしれない。

「本当にごめんなさい。しばらくひとりにしてちょうだい」

スカーフを抱いて立ち上がった信子は、逃げるようにしてロビーを離れた。


スイートルームの呼び鈴を鳴らすと、しばしの間を置いてドアが開いた。意気消沈した様子の信子夫人が顔を見せる。

「パン職人のお嬢さん……」

「不躾《ぶしつけ》で申しわけございません。お飲み物はいかがですか?」

紗良が持つ銀盆の上には、ミルクティーを淹れたカップが置いてある。手ぶらでたずねるのは気が引けたので、厨房で用意したのだ。

「どうぞお入りになって」

「失礼いたします」

彼女の許しを得て、紗良は室内に足を踏み入れた。

リビングのローテーブルの上には、さきほど葉月夫人から贈られたスカーフが、きちんとたたんで置いてある。一緒に持ち帰ったということは、本人が言っていた通り、品物自体は気に入っているのだろう。

信子夫人がソファに腰を下ろすと、紗良は彼女の前にカップを置いた。少し手間をかけて、お湯と牛乳で茶葉を煮出したロイヤルミルクティーである。しかしその名称は和製英語に過ぎないので、英国では通じないそうだけれど。

「わざわざありがとう」

ミルクティーを一口飲んだ信子夫人は、ほうっと大きな息をついた。

「さっきはお恥ずかしいところを見られてしまったわね」

「いえ……」

「……葉月さんはどちらに？」

「外の空気を吸われたいとのことで、庭園を散策されていらっしゃいます」

「そう」

会話が途切れ、沈黙が流れた。

かける言葉を考えていると、遠い目をした信子夫人がふたたび口を開いた。

「私と葉月さんね、いまでこそ仲良くおつき合いしているけれど、学生時代はそうでもなくて。むしろ逆だったのよ」

「不仲でいらしたんですか？」

「ライバル関係とでも言えばいいのかしら。成績が同じくらいだったし、あの子にだけは負けたくないと思って、バチバチ火花を散らしていたわねえ。幸い足の引っ張り合いにはならなかったから、結果的にはお互いを高め合える関係になれたのよ」

（わたしと秋葉くんみたいな感じかな……）

紗良の脳裏に、専門学校時代の好敵手の顔が思い浮かぶ。

「要は似た者同士だったのね。だから子どものころは同族嫌悪で反発したけれど、大人になったいまは違うわ。葉月さんは私にとって、ライバルであると同時に最大の理解者でもあるの。それがわかったから、いまでもおつき合いが続いているのよ」

「素敵な関係ですね」

「お嬢さんもいつか、そんな相手が見つかるといいわね」

信子夫人の口元がほころんだが、その顔はすぐに曇《くも》ってしまう。

「それなのに私は、葉月さんにひどいことを……」

うなだれた彼女は、闘病で自分の容姿が変わってしまい、その事実をまだ受け入れられないのだと語った。地味な服装も化粧気がない顔も、本意ではないのだと。

「正直に言うと、嫉妬《しっと》したのよ」

「嫉妬？」

「葉月さんの容姿にね。もちろん外見がすべてじゃないとはわかっているの。歳をとれば誰だって老いていくものだから。でも目の前に比較対象がいると、ついくらべてしまうのよね。それで勝手に妬《ねた》んで八つ当たりなんて、葉月さんにはいい迷惑だわ」

「小宮山さま……」

「葉月さんもあきれたでしょうね」

苦笑いをする信子夫人に、紗良は「それはありえません」と断言した。

「どうしてわかるの」

「実はさきほど、雪村さまも少しお話をしてくださって。今回の旅行の同行者に、自分を選んでくれて嬉しかったとおっしゃっていました。雪村さまは昔からその、少々誤解されやすい方だったそうで、お友だちができにくかったとか」

『だから信子さんを見ていると、うらやましいと同時に妬ましかったわ。人気者の彼女はいつも誰かに囲まれていたから』

その言葉を伝えると、信子夫人は驚いたように目を丸くした。

彼女たちは、自分にはないものを相手に見つけて、お互いに妬み合っていたのだ。まさに似た者同士と言える。

「雪村さまは、退院してから小宮山さまの元気がなくなってしまったことを、とても心配されていたようです。だからこそ、旅行ができるまで回復されたことをよろこばれて」

「……」

「小宮山さまのお誕生日を祝うために、こっそり準備もされていらしたんですよ」

「準備？」

首をかしげる信子夫人に、紗良はにっこり笑いながら言った。

「許可をいただきましたのでお伝えしますが、十三時より、雪村さまのお名前でアフタヌーンティーのご予約を承っております。人数はもちろんお二人さまで」

「よ、予約？　葉月さんたらいつの間に」

「お受けしたのは二カ月近く前でしょうか。小宮山さまが宿泊予約をされてから、すぐのことだったと思います。驚かせたいから、当日まで内緒にしてほしいと」

同行者に対するサプライズの依頼は、めずらしいことではない。むしろよくあることなので、猫番館のスタッフたちも快諾した。この二カ月、アフタヌーンティーの責任者である叔父は、葉月夫人と連絡をとり合って企画を進めてきたのだ。

「葉月さんが？　そういったことは嫌がりそうなのに」

「担当者の話では、小宮山さまの好みに合わせたいとおっしゃっていたとか」

「小宮山さま、雪村さまからこう言われませんでしたか？　『旅行のときには、お気に入りのお洋服を一枚と、それに合う靴やアクセサリーを一緒に持ってきて』と」

「え、ええ。着るつもりはなかったけれど、どうしてもって言うから」

信子夫人はなおも戸惑っているが、もう友人の意図はわかっているのだろう。

「アフタヌーンティーは、元をたどれば英国の公爵夫人からはじまった習慣です。小宮山さまも本日はぜひ、貴婦人になられた気分でお楽しみください」

「私のために……」


この日は気持ちのよい秋晴れだった。

（風もないし、気温もそんなに低くない。外でお茶をするには最適ね）

雲ひとつない青空の下、紗良はローズガーデンに面した喫茶室のテラスで、アフタヌーンティーの準備にとりかかっていた。葉月夫人の予約は十三時だったが、信子夫人の身支度に少々時間を要するとのことで、三十分遅れではじまることになったのだ。

ゲストがやって来るまでに、準備を終わらせておかなければ。

紗良は刺繍《ししゅう》入りの白いクロスを広げ、テーブルの上に敷いていく。

クロスの折り目やしわを伸ばしてから、続けて食器やカトラリーをセットした。

オーナー夫妻の好みにより、猫番館では主に英国ブランドの洋食器が使われている。アフタヌーンティーでは夫妻がコレクションしている茶器の中から好きなものを使用していいと言われているので、準備する側にも選ぶ楽しさがあった。

ふたりぶんのケーキプレートとカトラリーは、所定の位置に。それからティーカップとソーサーを右上に置いた。そして最後にティースプーン。磨きこまれた銀のカトラリーもオーナー夫妻のコレクションで、クリームやジャムを塗るときなどに使うティーナイフには、繊細な装飾がほどこされていた。

仕上げに白いレースのティーナプキンを用意して、テーブルの中央にはもちろん、猫番館の象徴である薔薇の花を飾る。これでセッティングは終了だ。

(紅茶とティーフーズは、おふたりが来られてからね)

紗良が厨房に戻ると、早乙女が「メイさん」と声をかけてきた。

「スタンドの準備できたよー」

「ありがとうございます」

調理台の上には、スコーンやサンドイッチを載せたシルバーの三段スタンドが用意されていた。見た目も華やかなそれは、まさにお茶会の目玉だ。

下段のお皿に載っているのは、一口サイズのサンドイッチ。紗良が焼いた食パンに、早乙女が手を加えたものだ。薄切りにして耳を落とし、自家製ローストビーフとキュウリを挟んでいる。かつての英国ではキュウリの栽培がむずかしく、とても高価な野菜だったため、それを使ったサンドイッチはその家の財力を示すものだったとか。

（うん、スコーンもきれい）

中段にはさきほど紗良がつくった、二種類の小ぶりなスコーンが載せられている。小麦粉と全粒粉《ぜんりゅうふん》を混ぜ合わせた、ざっくりとした食感が特徴的なもの。そして洋酒に漬けこんだレーズンと、ヨーグルトを加えて甘くさわやかな口当たりに仕上げたものだ。

丸型のそれらは「狼《おおかみ》の口」とも呼ばれる腹割れもきれいだった。ぱっくり開いたところからふたつに割り、香り高い薔薇のジャムや果物のジャム、ねっとりとしたクロテッドクリームを惜しげもなく塗って頬張れば、この上ない幸せを味わえることだろう。

「上段はロールケーキなんですね」

「雪村様からのご依頼を受けて、高瀬さんが特別につくったんだよ。小宮山様がお好きなんだって。誕生日のお祝いにはケーキが不可欠だからね」

切り分けられたロールケーキの断面からは、生クリームに挟みこまれた何種類もの果物が見える。叔父が手がけたものなら、その味も最高なのは間違いなかった。

「あ、時間になりましたね。届けてきます」

厨房は喫茶室とつながっている。紗良がスタンドをテラスに運ぶと、そこにはすでにふたりの夫人がそろっていた。テーブルのかたわらでは、支配人がポットに茶葉を入れ、熱湯をそそいでいる。

「お待たせいたしました。ティーフーズでございます」

「あら！　すごくおいしそう。ロールケーキもあるなんて嬉しいわ」

声をはずませる信子夫人を見た紗良は、少なからず驚いた。あからさまに表情を変えるのは失礼なので、平静を装う。

「小宮山さま、素敵なお召し物ですね」

「ふふ、ありがとう。葉月さんからいただいたスカーフも巻いてみたの。どうかしら？」

「とてもよくお似合いですよ」

「本当？　見苦しくない？」

「とんでもない！　おきれいですよ。見ているとこちらの気分も華やぎます」

紗良が微笑むと、信子夫人は「口がうまいお嬢さんね」と笑顔で言った。

お気に入りだという明るい色のワンピースに袖を通し、飾りがついた帽子やアクセサリーでドレスアップした彼女は、見違えるほど美しくなった。

たしかに本人が気にしているように、細い首やこけた頬は変えられない。しかし服装やお化粧を工夫すれば、目立ちにくくすることはできるのだ。信子夫人は美容に気を遣っていただけあって、メイク技術はかなりのもの。頬の凹《へこ》みや影は、化粧品を使って可能な限り、自然に隠している。

首元には贈られたスカーフを巻くことで、ボリュームを持たせた。もしかしたら葉月夫人も、彼女がこの場で身に着けてくれることを期待して選んだのかもしれない。

『信子さんには、お洒落をする楽しみを思い出してほしいのよ』

葉月夫人の言葉がよみがえる。

『落ち着いた服装も悪くはないでしょう。でも彼女は地味なものより、少し派手なくらいの装いのほうが似合うと思うの』

「うーん……。お化粧の腕、やっぱり少し落ちちゃったみたいだわ」

手鏡をとり出した信子夫人が、自分の顔をじっと見つめる。

「もっと目立たなくさせることはできるはずだもの。これから研究していかないと」

「洋服も新しいサイズのものを買わなければね」

「ああ、そうだわ。葉月さん、今度つき合ってくださる?」

「いいですよ。いつでも誘ってちょうだい」

わずかに口角を上げた葉月夫人は、あいかわらずの着物姿だ。

洋風のアフタヌーンティーとは合わないはずなのに、不思議と違和感はない。彼女が醸《かも》し出している上品な雰囲気が、貴婦人のお茶会と調和しているのだろう。

「テラスにいるのは私たちだけなのね」

「アフタヌーンティーの間は貸し切りにしております」

蒸らし時間が終わったのか、支配人がポットにかぶせていた花柄のティーコジーをはずした。ストレーナーで濾《こ》しながら、カップに紅茶をそそいでいく。

「どうぞごゆっくりお過ごしくださいませ」

流れるような動作で一礼した支配人は、使用済みの道具を載せたワゴンを押して、館内に戻っていく。紗良もお辞儀をしてあとに続いた。

最後にちらりとふり返ると、彼女たちはまるで少女のころに戻ったかのように、楽しそうにおしゃべりをはじめていた。これからどんな話で盛り上がるのだろう。

興味はあったが、それは彼女たちだけが知る秘密。

(わたしもいつかはおばあさんになるけど)

できることなら彼女たちのように、歳をとっても魅力的な女性でありたい。そんなあこがれを胸に抱きながら、紗良は仕事に戻っていったのだった。

Tea Time

二杯目

十一月も半ばを過ぎ、夜は日に日に長くなっていきます。

秋の夜長をどのように過ごすのかは、その人次第。読書はもちろん、映画を鑑賞したり音楽を聴いたりするのもいいですね。

料理長の隼介《しゅんすけ》さんは、いつものようにおのれの体を鍛えるべく、トレーニングに打ちこんでいるようです。最近は和食に興味があるらしく、従業員寮のキッチンで黙々とぬか漬けを仕込んでいる姿を見かけました。

パン職人の紗良《さら》さんは、暇さえあれば新作の研究をしています。

いまは薔薇《ばら》酵母《こうぼ》のナントカというパンを開発しているそうで、寮よりもホテルの厨房《ちゅうぼう》にいる時間のほうが長いのではないかと思うほどです。熱心なのはいいことですが、彼女の場合はもはや、仕事が趣味になっているのではないでしょうか。そんな紗良さんに息抜きをさせようと、ベルスタッフの小夏《こなつ》さんが、たまに外へと連れ出しています。

そして下僕の要《かなめ》は、寮に住む人々の中でもっとも多くの趣味を持つ男です。

写真にドライブ、語学にトランプ（イカサマ含む）。すぐに思いつくだけでもこれだけあります。少しでも興味を抱いたことには気軽に手をつけますが、のめりこむほど本気にはなりません。唯一の例外は写真でしょうか。わたしも詳しくは知りませんが、あれだけは特別のようです。

まあ、なんであろうと趣味に時間を費やすことは悪くありません。

問題のある時間の過ごし方。それは——

（な、なんなのこれは!?）

とある日の早朝、要の部屋で目覚めたわたしは、いつものように共用リビングに入りました。とたんにさわやかな気分が吹き飛びます。

ローテーブルの上に散乱しているのは、空になったビールやチューハイといったお酒の缶。飲みかけのグラスや残ったおつまみのお皿も、そのままです。床にはお菓子の袋や食べカスも落ちていて、わたしの怒りをあおりました。

周囲にはそこはかとなく、お酒の香りがただよっています。散らかしたら片づける。そんなこともできない不届き者は誰なのか。

答えはすぐにわかりました。

犯人がふたり、ラグマットの上に転がっています。大の字になっていびきをかいているのは、料理人の早乙女《さおとめ》さん。隣ではアルバイトの桃田《ももた》くんが猫のように体を丸め、すやすやと眠っています。桃田くんは寮の住人ではないのですが、早乙女さんの手引きで招かれたのでしょう。そしてふたりそろって酔っ払い、寝てしまったと……。

「うわ、もう朝か」

「！」

背後から聞こえてきた声にぎょっとして、わたしはそちらに目を向けました。なんということでしょう。寮の責任者にしてパティシエの誠《まこと》さんが、ソファに座りながら寝ぼけ顔で頭を掻《か》いているではないですか。この宴《うたげ》の首謀者が誰なのかは明白です。

「おおマダム、今日も美猫だな」

へらりと笑った誠さんが、すみやかに言いわけをはじめました。

「これはな、その、なぐさめの会なんだよ。こいつらがミスをして落ちこんでたから、はげましてやろうと思って。酒もつまみも俺のおごりでさ。そうしたら思った以上に盛り上がって、気づいたら朝、みたいな？」

「……」

「頼む。紗良には黙っていてくれ。この通りだ」

姪《めい》っ子に知られることが怖いのか、誠さんはわたしに向けて両手を合わせます。

「よし、猫用おやつまぐろ味で手を打とう。要に内緒で買ってくるから」

「……………」

「もう一声だと？　贅沢《ぜいたく》な女王様だな。追加でとりささみ味も献上でどうだ！」

わたしはようやく承諾の鳴き声をあげました。ふふふ、悪くない取り引きです。

話がまとまると、誠さんがソファから立ち上がりました。宴の証拠を隠滅するため、動きはじめたとき――

ガチャリという音とともに、ドアがゆっくりと開かれます。

誠さんの口から、「げっ」とカエルがつぶれたような声が漏れました。リビングに入ろうとした紗良さんの目に、室内の惨状が映ります。

「……………叔父さま？」

「いやその、これには深いわけが」

頬《ほお》を引きつらせた紗良さんの顔が、次の瞬間、般若《はんにゃ》と化します。

「リビングでの酒盛りについては目をつぶりますが、片づけはちゃんとしてくださいといつも言っているでしょう！　早乙女さんたちまで巻きこんで！」

悪いことはできないものですね。

三泊目

ホテリエの流儀

「マスター、注文お願いします」

市川小夏《いちかわこなつ》が声をかけると、カウンターの内側でグラスを磨いていた男性が顔を上げた。

「オーダーは？」

「オリジナルブレンドとホットレモンティー、あと英国風ショートケーキです」

「了解」

マスターこと高瀬誠《たかせまこと》が、カウンターの上にグラスを置いた。

ホテル猫番館《ねこばんかん》の専属パティシエである彼は、併設された喫茶室「マネ」の責任者も兼任している。小夏は喫茶室ではなくホテルのベルスタッフなのだが、今日は事情があってこちらで働いていた。

『いつもの子が急に熱を出したみたいで、休みの連絡が来たんだよ』

数時間前、誠は寮のリビングで困ったように頭を掻《か》いていた。

喫茶室は基本、マスターの誠とふたりのアルバイトで回している。メインで入っているのはフリーターの男性で、もうひとりは大学生の女の子だ。体調を崩したのは前者で、後者は午前中に講義があるため、午後からしか空いていないのだという。

誠の視線が、ダイニングで朝食をとる小夏と要《かなめ》に向けられた。彼が可愛《かわい》がっている姪《めい》の紗良《さら》は、とっくに出勤しているのでここにはいない。

『そういや、ふたりとも今日は休みだったよな。どっちか入れないか？』

『すみませんが、俺はあいにく予定がありまして』

要にあっさり断られた誠は、今度は小夏に注目した。今日はスーパーで買いこんだお酒とおつまみを楽しみながら、のんびり映画を観ようと決めていたのだが——

『もちろんバイト代は出すぞ？』

『う……』

『仕事が終わったら、好きなケーキを食べてもいい。特別に珈琲《コーヒー》も淹《い》れてやる』

『サイフォンで？』

目をしばたたかせた誠は、にやりと笑って『それがお望みなら』と言った。その答えを聞いて、小夏はバイトを引き受けたのだ。ウェイトレスははじめての経験だったが、仕事内容には興味があったし、自分が役に立てるのなら、それはそれで嬉《うれ》しい。

『いやぁ助かった。これで今日も店を開けられるな』

『あ、そうだ。制服はどうしましょう』

『予備があるからそれを着てくれ。倉庫にある』

喫茶室スタッフの制服は、男女ともに同じデザインだ。白シャツの上から黒いベスト風エプロンをつけ、同じ色のズボンを合わせる。蝶《ちょう》ネクタイももちろん黒だ。

『着替えましたよー。似合います？』

『なかなか格好いいじゃないか。このまま再就職してほしいくらいだ』

『あら、お目が高い。でもヘッドハンティングでしたら、やっぱり相応の条件を提示していただかないと』

『はは、しっかりしてるな』

そんなやりとりをひそかに楽しみつつ、一日限りのバイトがはじまった。

「えーと、まずはブレンドから……」

小夏の注文を受けた誠が、くるりと背を向ける。

壁際の棚には、客用のコーヒーカップやサンデーグラス、デザートプレートなどの食器が並んでいた。ホテルで使われている茶器はオーナー夫妻のコレクションだが、喫茶室のそれは誠が趣味で買いそろえたもの。英国ブランドを好む夫妻とは異なり、誠は日本製の食器で統一していた。

年季の入ったサイフォンも置いてあったが、若いころにお世話になった人から譲られたものだそうで、普段は使われていない。喫茶室を閉めたあと、サイフォンで淹れた珈琲で一息ついているのを見たことがあるから、自分だけの楽しみなのだろう。

（実は気になってたんだよね。サイフォンの珈琲）

小夏はにんまりと笑った。ダメ元でねだってみたのだが、言ってみるものだ。

誠が棚からとり出したガラス瓶《びん》の中には、彼が独自にブレンドしたコーヒー豆が入っている。豆の種類や焙煎《ばいせん》方法にはこだわりがあり、仕入れ先も厳選しているようだ。手回し式のミルで豆を挽《ひ》くと、深みのある独特の香りが広がっていく。

（ああ、いい匂いだわ……）

銀盆を抱いた小夏は、うっとりとその香りに酔いしれた。

本業がパティシエのため、誠が身に着けているのは腕まくりをしたコックシャツで、下は黒いズボンと前掛けだ。いかにもという格好ではなかったが、慣れた手つきで豆を挽く姿は、まぎれもなく「マスター」だった。

年齢は五十一歳のはずだが、見た目は四十代の半ばか、もっと若々しく見えるかもしれない。栗《くり》色の髪は生まれつきだそうで、白髪も目立つところには見当たらなかった。大きめのパーツがバランスよく並んだ顔立ちは、高瀬家の特徴なのだろうか。紗良とは親子のようによく似ている。

喫茶室の売り上げが良好なのは、珈琲やデザートの味に定評があるからだ。そしておそらく、マスターの存在も大きいだろう。情報誌に顔写真とインタビュー記事が載ってからは、女性客が目に見えて増えたというので間違いない。

メニューの中で特に人気が高いのは、やはりオリジナルブレンドとプリンアラモードだろうか。後者は山下《やました》公園の近くにある老舗《しにせ》のホテルで誕生した。そして同じ場所で考案されたドリアやナポリタンとともに、全国に広まったと言われている。

（そうそう、カレーもおいしいよね）

喫茶室の欧風ビーフカレーは、料理長の隼介《しゅんすけ》か早乙女《さおとめ》がつくっている。レシピは先代の料理長から受け継がれており、もともとは残り物を煮込んだ賄《まかな》い料理だったそうだ。あるとき牛肉を加えてお客に出してみると好評で、そのままメニューになったとか。

「すみません、お会計お願いします」

「あ、はい！　ただいま」

あれこれ考えていると、いつの間にかレジ前にお客が立っていた。小夏はあわててそちらに向かう。

「あとはこの……黒糖くるみあんパンを三つください」

「かしこまりました」

喫茶室の片隅《かたすみ》では、持ち帰り用のケーキだけではなく、紗良が焼いたパンも何種類か販売している。看板商品の黒糖くるみあんパンは、開店から三時間で半分ほどが売れていたが、ほかのパンはさほど動いていない。

(だからあの子、新作の開発に燃えてるんだろうなぁ)

しかし熱心なあまり、放っておけば厨房《ちゆうぼう》に住み着きかねない。

小夏はそんな彼女を外に連れ出しては、外食や買い物につき合わせている。お節介かとも思ったが、本人はよろこんでいるようなのでいいだろう。

「ありがとうございました」

お釣りを渡してお客を見送ると、誠もちょうど準備を終えたところだった。

「よし、できたぞ。三番テーブルだったか」

「はーい」

小夏はふたつのカップとデザート皿を、そっと銀盆の上に載せた。

誠が手がけたオリジナルブレンドは、やや酸味が強い味わいで、苦味は少なく口当たりがやわらかい。どちらかといえば万人受けで、飲みやすい珈琲だと思う。挽いた粉はペーパードリップ方式で抽出して提供している。

お皿の上に載っているのは、薄めに焼き上げた丸型のショートブレッドで、生クリームと苺《いちご》を挟んだ「英国風ショートケーキ」だ。スポンジケーキを使ったお馴染《なじ》みのタイプは日本独特のものらしく、国によって定義が違うのだという。日本式のショートケーキを広めた洋菓子店は、横浜元町《よこはまもとまち》からはじまって、現在も有名メーカーとして続いている。

（さて、行きますか！）

喫茶室はホテルと同じく、大正浪漫《ろまん》を思わせるクラシカルな内装だ。

席数はカウンター席も含めて二十一。クリーム色の壁に焦《こ》げ茶の腰板、ステンドグラスのランプシェードや、座面に深紅《しんく》のベルベットを使った木製の椅子《いす》などが、重厚かつ華やかな雰囲気を演出している。ちなみに店名の「マネ」は、誠とその友人であるオーナーの本城《ほんじょう》氏が、若いころに可愛がっていた猫の名前からとったらしい。

三番テーブルはテラスの近く。大きな窓からはローズガーデンが見えるのだが、あと数日で十二月になる現在、すでに花の見頃は終わっていた。薔薇《ばら》はなくても来月にはクリスマスが控えているから、繁忙期は続くだろう。

「お待たせいたしました。オリジナルブレンドとホットレモンティー、英国風ショートケーキでございます」

「きゃー、可愛い！」

「写真写真！」

小夏が注文品をテーブルに置くと、向かい合わせに座っているふたりの女性が、はしゃいだ様子でスマホを構えた。どちらも小夏と同年代で、二十五歳くらいか。ひとりはグレーのVネック、もうひとりはざっくりとした赤いニットを着ている。

「ごゆっくりどうぞ」

伝票を置いて頭を下げた小夏は、隣のテーブルに目をやった。さきほど会計をしたグループ客が使っていた場所だ。いまのうちに片づけておこう。

空になったグラスやお皿をまとめていると、すぐ横から声が聞こえてくる。

「それにしても、ほんとムカつく！　甘いものでも食べなきゃやってらんないわ」

小夏は目だけを動かし、そちらを見る。とげとげしい口調で言ったのは、赤いニットの女性だった。勢いまかせにフォークを突き刺したため、外側のショートブレッドが崩れて中身があふれ出してしまう。きれいな形だったのにもったいない。

もうひとりの女性がカップに口をつけ、苦笑する。

「荒れてるねえ。何かあった？」

「職場にうざい上司がいる」

「なんだ、よくあることじゃん。男？」

「女」

「へえ。お局《つぼね》サマとかいうやつ？　職場ってホテルだったっけ」

「そうそう。フロント担当ね」

――同業者か！

小夏はあやうくふり返ってしまうところだった。寸前で我に返る。

どうやら赤いニットの彼女は、自分と同じくホテルで働いているようだ。気にはなったが、堂々と盗み聞きをするわけにもいかず、小夏は片づけに集中する。しかし距離が近すぎて、会話は自然と耳に入ってきた。

「いくつくらいの人？」

「さあ？　でも三十は過ぎてると思う。十年以上勤めてるって聞いたから。その女が私を目の敵《かたき》にしてるみたいで、メイクが濃いだの髪の色が明るすぎるだの、いちいちうるさく口出ししてくるわけ。生活指導の教師かっての」

「職場が職場だし、あんたが派手すぎるんじゃない？」

「就業規則には違反してないって。現に課長は何も言ってこないし。あのデカ女、メイクも私服も地味だから、私みたいなのが気に食わないんでしょ。でもこのまえ、お客から名指しで『フロント係のくせに表情がかたい』ってクレームが来てたな。いい気味」

「あんたは愛想だけはいいものねえ」

「うふふ。ヨシノ主任――あの女の名前ね、も私を見習うべきじゃない？　地味で神経質で愛想もないから、いつまでたっても独身なのよ。たぶん彼氏すらいないでしょ」

「言いたい放題じゃん。主任さんかわいそー」

（うえー……）

背後で笑い声がはじけたが、小夏の気分は一気に沈んでしまった。

たとえ自分に関係がなかろうとも、誰かの陰口《かげぐち》など聞くものではない。赤いニットの女性が見るからに小夏の苦手なタイプだったことも手伝って、顔も知らないヨシノ主任とやらに同情してしまう。

（うう。思わぬダメージを食らってしまった）

食器を載せた銀盆を手に、小夏はいたたまれない気持ちでカウンターに戻った。

「おかえり」

いまは注文が入っていないのか、スツールに腰かけて英字新聞を熟読していた誠が顔を上げる。知的なマスターに見せかけているが、それは本来の購読者である要から譲ってもらったもの。その中に競馬新聞を隠しているのはご愛敬だ。

「どうした、げっそりして」

「いえ……ちょっと人間模様の裏側を垣間《かいま》見てしまい」

周囲に聞かれないよう小声で言うと、誠はだいたいの状況を察したようだ。マスターをやっていれば、やはり意図せずお客の会話が耳に入ってしまうことがあるのだろう。もちろんこちら側は、何事もなかったかのように仕事を続けなければならない。

「いまのうちに食器洗いますね」

流しに行こうとしたとき、新聞をたたんだ誠が立ち上がった。

カウンターの内側には、ガラスのフードカバーで保存されているショートブレッドのお皿が置いてある。誠はそこから一枚をとり出し、小夏にこっそり手渡した。

「特別サービスな」

近くでささやかれ、小夏はぱっと表情を輝かせた。

お礼を言ってショートブレッドを受けとると、お客の目に触れないよう、その場にしゃがんで身を隠す。一口かじると、歯切れのよいスコーンのような生地が、口の中でほろほろと崩れた。鼻を抜ける甘いバニラとバターの香りもたまらない。

「あと少しだ。頑張れよ」

「はい！」

こんな魅力的な特典があるのなら、またバイトをしてもいいかもしれない。そんなことを思った昼下がりだった。


「課長、報告書ができました。確認をお願いします」

「ああそう。どれ？」

吉野美佐紀《よしのみさき》が提出した書類を、フロント課の男性課長は興味の薄い表情で受けとった。

『クレーム報告書』

書式は社内で定められているテンプレートで、文章は手書き。枠のぎりぎりまでびっしりと綴《つづ》られている文章に、課長はおざなりに目を通した。デスクの上に転がっている名前入りの浸透印を、右上の小さな枠の中にポンと押す。

「じゃ、あとで部門長に渡しておくから」

「お手数をおかけします」

「吉野さん、ときどきこの手のクレームが来るよねえ。新人ならまだしも、就職して何年目？　もう一回、接遇研修とか受けたほうがいいんじゃない」

「……申しわけありません」

「マネジメントはできるんだからさぁ、フロントじゃなくて裏方の部署に回ったほうが向いているかもしれないよ？　異動願でも出してみたら？」

それはつまり、自分はフロントには必要ないということか。

悔しくて奥歯を嚙《か》み締めたが、上司に逆らうわけにはいかない。美佐紀はできる限り平静を装い、「失礼します」と言ってオフィスを出た。

「自分はマネジメントすらできないくせに」

こっそりと悪態をついてから、美佐紀は気をとり直して歩きはじめた。静かな従業員通路に、パンプスの靴音が規則的に響く。

――この仕事は、自分にとっての天職だ。

胸を張って言い切れる人は、果たしてどれだけいるだろう。少なくとも、いまの自分はとても言えない。

美佐紀が勤めているのは、JR関内《かんない》駅から歩いて数分のところにある、中堅のシティホテルだ。ビジネスホテルほど安くはないが、宿泊料金はお手ごろだし、館内にはコンビニやカフェ、バーなどが併設されている。市内観光の拠点として使いやすく、近くにはスタジアムや中華街があるので、お客の入りは悪くない。

都内の大学を卒業し、このホテルに就職してから、今年ですでに十一年目。

転職もせず、フロント勤務でキャリアを積み重ねてきた。おかげで今年度からは主任に昇進し、同じ部署に属する若手社員たちを統括する役目をまかされた。

さきほど美佐紀に嫌味をぶつけてきた課長は、噂《うわさ》によると専務だか常務だかの甥《おい》で、縁故採用だったらしい。手を抜いても解雇される心配がないからなのか、あまり仕事をしてくれない。現場の管理も部下まかせで、そのくせ上から目線で口出ししてくる。

（さっきも嬉しそうだったわね。私が失敗したのがそんなに楽しい？）

課長のにやついた顔を思い出してしまい、むかむかしてくる。

誰もいないのをいいことに、美佐紀は踵《かかと》を踏み鳴らして怒りを発散した。つきあたりのドアの前まで来ると、深呼吸をして心を落ち着ける。このドアの先は、宿泊客用のフロアになっていた。

壁には全身が映る鏡がとりつけられており、従業員はここで身なりを確認する。鏡の前に立った美佐紀は、自分の姿をじっと見つめた。

身に着けているのは制服ではなく、自前の黒いパンツスーツ。身長が一七三センチあるので、ヒールのついたパンプスを履《は》くと、一八〇近くになってしまう。課長を見下ろす形になるため、生意気だと思われているようだ。

中高生のころはお約束に従ってバレーボールをやっていたが、あいにく運動神経には恵まれなかったせいで、たいした活躍はしていない。美人でもないからモデルのスカウトもなく、大学時代は単に「背が大きい人」として、地味な青春を過ごした。

就職してからはひとりだけ彼氏ができたことがあるけれど、二年で別れた。理由はよくある相手の浮気だ。それ以降は仕事に打ちこみ、気がつけば七年。いない歴は現在も更新し続けている。

（それが何よ。ちゃんと仕事はしているし、好きなものだって買えるじゃない）

美佐紀は左耳にそっと触れた。

きらりと輝くそれは、一粒ダイヤのピアス。イミテーションではなく本物だ。

勤務中もつけられるシンプルなデザインだが、お値段は約十五万円。普段はこのような高価なものは買わないけれど、主任になった記念として、思いきって購入した。支払いでカードを出すときは手が震えたが、こうして身に着けていると、やはり買ってよかったと思える。さりげなくも美しい輝きが、気分を上げてくれるのを感じた。

「さてと……」

ドアを開けた美佐紀は、背筋を伸ばしてフロントに向かった。

まだ午前中なので、チェックインのお客はいない。十二月に入ってからは、ロビーには立派なクリスマスツリーが飾られている。

フロントでは制服姿の女性スタッフがふたり、笑いながら会話をしていた。ひとりは勤務三年目、もうひとりは四月に入社したばかりの新人だ。雰囲気からして、仕事についての話ではないだろう。

ため息をついた美佐紀は、フロントに近づいた。

こちらの姿に気づいた彼女たちは、ぴたりとおしゃべりをやめる。

「勤務中は私語を慎むようにと言っているでしょう」

「私語じゃありませんけど」

反論したのは年上のほうだった。不満があからさまに顔に出ている。彼女は美佐紀に対して、いつもこんな態度だ。

「そのわりには楽しそうだったわね。そこに置いてある雑誌は何?」

カウンターの上にあったのは、一冊の情報誌だ。きらきらしいイルミネーションの写真を使った表紙に、「彼と過ごすクリスマス特集」という文字が躍《おど》っている。お客が立つ位置からは隠れていたが、少し前に出てのぞきこめば丸見えだ。

「……業務に関係のないものは持ちこまないでね」

「すみませーん」

(本当に悪いと思ってる!?)

美佐紀は頬《ほお》を引きつらせたが、上司としての心得を思い出し、頭の中で反芻《はんすう》する。

――ホテリエたる者、お客様の目がある場所で感情的になってはいけない。

部下を叱《しか》る場合はひと気のないところに行って、ほかの従業員もいないときだ。お客に不快な思いをさせるわけにはいかないし、大勢の前で叱ると、相手は恥をかかされたと感じる。結果、反省よりも反発する気持ちのほうが強くなってしまうのだ。

（まあ、そんな気を遣うまでもなく、この子には嫌われているんだろうけど）

美佐紀は無表情で部下を見下ろした。

彼女には先日、メイクについて少し薄くするよう言った。目に余るほどではなく、個人的には許容範囲だったし、やや華やかな印象だという程度だった。しかし、お客から女性スタッフの化粧が濃くて不快だという苦情の電話が来てしまったのだ。

美佐紀が注意すると反論したため、しかたなく課長からも言ってもらうことにした。男性スタッフに対しては従順にふるまう彼女は、しおらしく忠告を聞き入れたという。それもまた腹立たしい。

「それじゃ、引き続きよろしく」

美佐紀がその場を離れようとしたときだった。新人から遠慮がちに声をかけられる。

「あの、主任。さっき来月のシフト表をもらったんですけど……」

「……何か不備でもあった？」

「二日にお休みの希望を出したはずなのに、反映されていないんです」

「新年の三が日は毎年満室だから、よほどの理由がない限り、必ずしも希望が通るとは限りません。前のミーティングで伝えたでしょう。ほかの人との兼ね合いもあるし」

「でも……」

「悪いけど、もう決まったことだから」

新人は「わかりました」と答えたものの、不服そうだ。こちらも鬼ではないので、納得できる理由があれば調整するが、彼女の場合はそれが書かれていなかった。ホテルで働く以上、土日休みの会社と同じようには考えないでほしい。

手を伸ばした美佐紀は、カウンターの上から情報誌を奪いとった。

「とりあえず、これは没収します」

「ええ？」

「オフィスに置いておくから、休憩のときにとりに来て」

彼女たちに背を向けた美佐紀は、オフィスに戻るために歩き出した。

(あの子たち、私がいなくなったら悪口三昧《ざんまい》なんだろうな)

自分が陰でなんと言われているか、美佐紀はよく知っている。だからといって、課長のように甘い態度をとり、仕事の質が落ちるのは避けたかった。

フロント担当は、宿泊客の受付や会計だけをしているわけではない。

突発的なキャンセルや変更を求められるときもあるし、要望に応じて、ベルスタッフや厨房の担当者に、迅速かつ正確に情報を伝えなければならないこともある。宿泊客からの問い合わせはフロントが窓口になっているので、その都度対応する必要もあった。

美佐紀は平社員からひとつ上に昇進したので、さらに別の仕事が課されている。

予約の受付状況や部屋割りをチェックして、ダブルブッキングなどのミスがないかを確認したり、現場のクレームに責任者として対応したり。部下たちの休み希望をとりまとめてシフトを組むのも自分の仕事だ。これはなかなか骨が折れる。

（あちらを立てればこちらが立たず。どんなに頑張ったって、全員の希望に添えるシフト表なんてつくれるわけがないでしょ）

昇進が決まったときはよろこんだし、基本給が上がったことも嬉しかった。しかしそのぶん責任がのしかかり、部下たちの態度に苛立《いらだ》つことも増えている。

主任になってからは、現場よりも裏のオフィスで仕事をする日のほうが多い。だからなのか、久しぶりにフロントに立ったとき、表情がかたくなってしまった。もともと吊《つ》り目気味なので、普通にしていてもにらまれていると誤解されることがあるのだ。そのときもお客の気に障《さわ》ってしまい、名指しのクレームを受けた。

（ああいけない。表に出ている間は笑顔、笑顔……）

なんとか口角を上げようとするが、うまくいかない。顔の筋肉が引きつってしまう。

――このままだと、ストレスで胃に穴があくかもしれない。

キリキリと痛みはじめたみぞおちを押さえながら、美佐紀はオフィスに戻った。

課長はどこかに行っているのか、室内には見当たらない。ほっとしながら自分のデスクに近づき、椅子を引いて腰を下ろす。

「はー……。しんどい」

引き出しを開けた美佐紀は、「胃腸薬」と記された錠剤の瓶をとり出した。ペットボトルの水で飲みこんで、ふうと息をつく。

(そういえば、このところ接客に対する苦情が増えてない?)

ふと思い立ち、パソコンを起動させる。データを調べてみると、ここ数カ月の間に受けたフロントへの苦情件数は、例年よりも多かった。夏にふたりが退職し、いまだに新しい人員が入ってこないため、現場は疲弊《ひへい》している。その影響だろうか。

(いまは繁忙期だし、みんな苛々《いらいら》しているものね……。それが態度に出ているとか?)

課長の言葉を肯定《こうてい》するのも癪《しゃく》だが、スタッフたちの気を引き締めるためにも、再度の接遇研修を考えたほうがいいかもしれない。

(でも、外部委託だと費用が……)

ここ数年は業績が低下していることもあり、上からのOKが出ない可能性がある。自分が講師になろうかとも思ったが、いまの仕事量で、果たしてそのような時間を組みこむ余裕などあるのか。

そもそも自分は、接遇についてえらそうに語れるほど、その道に精通していると言えるのだろうか？　たしかにフロントで十年以上働いているが、いまだにクレームを受けてしまう程度の人間なのだ。そんな自分が誰かを教える？

「うーん……」

昇進したてのころには満ちあふれていた自信が、いまではすっかり枯渇している。ため息をついてうつむいたとき、デスクの上に置いてある情報誌が目に入った。さきほど部下から没収したものだ。

（いまの私には縁がない特集だわね）

鼻で笑った美佐紀は、片手で頬杖をつき、もう片方の手でページをめくった。

誌面にはカップルで楽しめそうな、ロマンチックなデートスポットが数多く紹介されている。赤レンガ倉庫で毎年開かれるクリスマスマーケットやスケートリンクに、ランドマークタワーの巨大なツリー。夜景をながめるディナークルーズや、各所で行われるイルミネーションイベントの情報も網羅《もうら》されている。

その中で美佐紀の目を引いたのは、横浜駅とみなとみらい周辺のホテルやレストランを紹介しているページだった。とっさにこのホテルはないかと探してはみたものの。

（載ってないか）

名前や写真が出ているのは、どこも名が知れた一流ホテルばかり。

宿泊料も相応だが、クリスマスは特別だから、見栄えがして最高のサービスを受けられるホテルが人気なのだ。このあたりはかなり前から予約をしないと部屋がとれない。

さらにページをめくると、今度は少し傾向の違うホテルが掲載されていた。

「猫番館？」

山手《やまて》の高台にあるというそのホテルは、ここからそれほど遠くない。

外観は洒落《しゃれ》た洋館で、ローズガーデンと喫茶室が人気だと書いてある。そういえば学生時代、友人に連れられて喫茶室には行ったことがあるかもしれない。十年以上も前だからあまり記憶はないのだけれど。

クリスマスイベントも行っており、二十四日と二十五日は、特別ディナーを堪能しながらジャズライブやマジックショーを楽しめるようだ。誰でも入れる喫茶室では、限定品のケーキやパンを提供しているとのこと。

(洋館ホテルかー……)

まるで別世界のようにきらびやかな雰囲気に惹《ひ》かれて、美佐紀はなんとなくネットで検索してみた。予想はしていたが、規模は小さくプチホテル並み。しかし宿泊料金は高めに設定されており、このホテルより一万円以上も高い。

おそらくここは、出張や観光など、ほかの目的がある人が泊まる場所ではない。近くにはもっと手ごろなホテルがいくらでもあるのだから。猫番館はきっと、「ホテルそのものを楽しむために行く場所」なのだろう。

（こういうところって、高級ホテル並みの接客を求められるんだろうなぁ）

左手でマウスを動かした美佐紀は、旅行サイトに載っている口コミを確認する。二、三のサイトを回ってみたが、猫番館の評価はなかなかよかった。スタッフの接客を褒めている人が多く、食事の満足度も高いようだ。

「うっ」

続けてこのホテルを検索した美佐紀は、初《しょ》っ端《ぱな》で撃沈する。

最近の日付で、スタッフの態度が横柄《おうへい》だったと書きこまれていたのだ。フロントとは明記されていなかったが、そのお客の評価は、五段階中の星ふたつ。全体の平均だと三・七。これはいいとも悪いとも言えない、微妙な数値である。

対してホテル猫番館は、平均で四・五。この違いは何なのだろう!?

俄然《がぜん》、興味が湧いてきた。美佐紀は大手の旅行サイトから、予約状況のページに飛んでみる。一度このホテルに宿泊して、従業員の接客態度を見てみたい。そしてこのホテルとは何が違うのかを、自分の目でたしかめたかった。

しかし、客室は年始までほぼ予約ずみ。スイートルームは空いている日もあるが、さすがに高すぎて手が出ない。予約をとれるのは年明け以降になりそうだ。

「――あ」

マウスのボタンをカチカチと押し続けていた美佐紀は、ふいに手を止めた。

来週の日曜日、奇跡的にシングルルームが一部屋だけ空いている。しかもその日は自分も休みではないか。チェックアウトは月曜だが、仕事は十時からなので、職場には九時半ごろに着けば間に合う。一泊とはいえじゅうぶん堪能できるはずだ。

――迷っている時間はない。これはチャンスだ。

誰かに先を越されてはなるまいと、美佐紀は即座にネット予約をした。突発的な出費になるが、こういったお金の使い方も悪くない。

(ホテルそのものを楽しむ、か)

猫番館はいったいどのようなホテルなのだろう。美佐紀はわくわくしながら、手帳のカレンダーにしるしをつけたのだった。

そして、翌週。美佐紀はチェックインの時間に合わせて猫番館をおとずれた。

（運動不足が祟《たた》ったわ……）

門の前で立ち止まった美佐紀は、少し乱れた息をととのえる。

事前に頼めば駅まで迎えに来てくれるそうだが、美佐紀は徒歩でやって来た。たいした距離ではないと高をくくっていたけれど、なかなかどうして意外に遠く、坂も多い。最近はあまり運動をしていないせいで、体力の低下が如実にあらわれてしまった。

美佐紀は出張で使っているビジネス用のキャリーバッグを引きながら、ホテルの敷地内に足を踏み入れた。

写真で見てはいたが、ホテル猫番館は赤茶色のレンガを積んでつくられた、瀟洒《しょうしゃ》な外観の西洋館だった。山手には南欧風のスパニッシュスタイルや、外交官の家のようにアメリカン・ヴィクトリアン様式の西洋館もあるが、それらとは趣《おもむき》が異なる。

洋画のような光景を目《ま》の当たりにして、美佐紀は思わず自分の格好を見下ろした。

――もう少しお洒落をしてくればよかっただろうか……。

美佐紀の服装は、黒い薄手のダウンコートにベージュのパンツ。履いているのはローヒールのショートブーツだ。このホテルには不似合いかもしれないが、華やかなワンピースなど持っていないのだからしかたがない。

アプローチを通って館内に入ると、これまたきらびやかな世界が広がっていた。

深紅の絨毯《じゅうたん》が敷き詰められたロビーには、二メートルほどの大きさのクリスマスツリーが置かれている。赤いリボンやガーランド、メタリックなボール型のオーナメントなどで飾りつけられ、頂上では大きな金の星が輝いていた。

猫番館のチェックインは十四時から。少し過ぎているため、何人かの宿泊客が到着している。フロントに近づくと、そばに置いてある椅子が目に入った。行儀よく座っているのは、専用サイトの写真で見た美しい看板猫だ。

「きれい……」

真っ白な毛並みに、左右で色が違う瞳。青と金のそれは極上の宝石のようで、見つめていると吸いこまれてしまいそうだ。薄ピンクの三角耳や小さな鼻も愛らしい。

彼女（メスだとサイトに書いてあった）は人に慣れており、撫《な》でられても機嫌を損ねることはないという。美佐紀もおそるおそるさわってみたが、長毛種特有のふんわりとした毛の感触が、なんとも心地よかった。

フロントに並んで待っていると、しばらくして自分の番になる。

「大変お待たせいたしました。お次の方、承《うけたまわ》ります」

チェックインの手続きを行っていたのは、ひとりの若い青年だった。少し幼さを残した顔立ちで、おそらく二十歳《はたち》にも達していないと思われる。

（バイトの子かしら。それとも高卒の新入社員？）

同業者が相手となると、つい上司目線になって観察してしまう。

紺《こん》色のジャケットに青いネクタイを締めた彼の左胸には、「梅原翔太《うめはらしょうた》」というネームプレートがついていた。髪は染めているのか茶色だったが、暗めのトーンだから許されているのだろう。顔はいわゆる「可愛い系」で、人なつこそうな印象だ。

美佐紀が名前を伝えると、彼はパソコンで照合作業を行った。

ややあって首をかしげ、「あの」と声をかけてくる。

「恐れ入ります。もう一度お名前と、受付日をお聞かせいただけますか？」

「吉野美佐紀です。受付日は――」

彼は再度キーボードを叩いたが、少しずつ表情に焦りが見えてきた。その顔には覚えがありすぎて、美佐紀は心の中で「もしや」とつぶやく。

大多数のホテルと同じく、猫番館も予約管理をデジタル化しているのだろう。明らかに動揺している彼の様子から察するに、美佐紀の名前が検索に引っかかってこないか、そうでなければ……。

顔を上げた彼は、美佐紀と目が合うとびくりと肩を震わせた。

（ああ……お客の前でうろたえたらだめよ。不安にさせてしまうでしょう）

指摘したかったが、こちらはあくまで宿泊客の立場なので、ぐっと我慢する。

「しょ、少々お待ちくださいませ」

上ずった声で言った彼は、美佐紀に頭を下げてその場を離れた。近くにあるコンシェルジュデスクに向かって駆けていく。上の人間に助けを求めに行ったようだ。

――おそらく予約がとれていなかったか、ダブルブッキングだったのだろう。

情報をやりとりする彼らの姿を見つめながら、美佐紀は冷静に推測した。

あってはならないことだが、予約システムに障害や時差などがあると、たまにこのようなトラブルが起こる。ダブルブッキング、もしくはオーバーブッキングは、ひとつの部屋に複数の予約が入る状態のことだ。これはホテル側がキャンセル状況などを予測して、あえて重複させている場合もあるのだけれど、今回は単なるミスだろう。

報告が終わったのか、眼鏡をかけた男性が近づいてきた。

フロント係の青年もそうだが、こちらもまだ若そうだ。服装も同じだけれど、シャツやジャケットにはしわひとつ見当たらなかったし、ネクタイの結び方もバランスがよくて美しい。前髪もきちんと整髪料で上げており、清潔感にあふれていた。

ネームプレートに記されている名前は「本城要」。どうやらこの男性が、ホテル猫番館のコンシェルジュをつとめているらしい。

「吉野様」

美佐紀に呼びかけたコンシェルジュは、落ち着いた様子で続けた。

「こちらの不手際で、ご予約が重複しておりました。誠に申しわけございません」

背筋を伸ばした最敬礼は、ぴったりきれいな四十五度。まずは事実を伝えて、丁寧な謝罪を行う。このあたりはホテリエ――性別が限定されるため、最近はホテルマンとはあまり言わない――としては最善の対応だ。

問題はこの先。部屋がないからといってお客を帰してしまうと、間違いなく大きなクレームになる。ホテルの印象も最悪になるのは避けられない。

しかしスタッフの対応によっては、うまく切り抜けられることもある。

この時点でとれる策は、主にふたつ。空室が残っている場合はそちらを案内し（ただしグレードは同等かそれ以上でなければならない）、満室のときはすみやかに近隣のホテルを手配する。お客に迷惑をかけていることに変わりはないため、どちらの対応をとっても苦情が来てしまうことは多いし、そのあたりは覚悟しておく必要があるのだが。

一般のお客であれば気分を害するところだけれど、今回の目的は、猫番館の接客を間近で体験することだ。むしろこの状況は、美佐紀にとっておいしかった。トラブルに直面した際、どうやって解決に導くのかを見ることができるのだから。

（さて……。どうするつもりかしら）

「すぐに別のお部屋を手配いたしますので、いましばらくお待ちいただけますか？」

「わかりました」

「ありがとうございます」

深々と一礼したコンシェルジュは、見苦しくない程度の早足でカウンターに向かい、パソコンを操作しはじめた。最初に応対したフロント係の青年は、美佐紀をロビーのソファに案内し、「こちらでお待ちくださいませ」と言う。

座り心地のよいソファに腰かけてから、十分ほどたったころだろうか。ひとりの女性がこちらに近づいてきた。コックコートに臙脂《えんじ》色のタイをつけ、同じ色の帽子をかぶった彼女は、茶器を載せた銀のお盆を手にしている。

お盆をローテーブルの上に置いた女性は、美佐紀の前で膝《ひざ》をついた。こちらよりも低い目線で、上品に微笑《ほほえ》みながら口を開く。

「吉野さま、紅茶はいかがですか？」

「ええと……いただきます」

「かしこまりました」

立ち上がった彼女は、ティーポットの紅茶をカップにそそいだ。

「どうぞ。熱いのでお気をつけください」

手にとったカップには、繊細な模様が描かれ金の縁取りがされていた。おそらくブランドものだろう。クラシカルな西洋館によく似合うデザインだ。紅茶も美佐紀のホテルで使っているようなティーバッグではなく、茶葉から淹れたのかもしれない。

(これもサービスの一環なのよね。贅沢《ぜいたく》だわ……)

美佐紀はカップを口元に近づけて、香りを楽しむ。ソーサーにはお茶請けのクッキーも添えてあった。

紅茶を持ってきた彼女もそうだが、スタッフは美佐紀のことを「お客様」ではなく名前で呼ぶ。美佐紀が名乗ってから瞬時に伝達されたのだろう。心理的にも名前で呼んでもらえると親しみが湧いてくるし、よく教育されているなと思った。

(もうすぐ二十分か)

美佐紀は腕時計に目を落とした。現場でトラブルがあった場合、解決は一分でもはやいほうが望ましい。この手のケースだと、三十分以内であれば優秀と言える。時間がかかりすぎると、新たな苦情の種になってしまうのだ。

そんなことを考えながら、紅茶を飲んでいたときだった。

「こんにちは、マドモワゼル」

――お嬢さん《マドモワゼル》!?

日本ではめったに耳にしない呼びかけに驚き、顔を上げる。目の前には美佐紀よりも少し年上に見える男性が立っていた。どこで買ったのかと訊《き》きたくなるような、とんでもなくダサい……いや個性的なセーターにジーンズ姿で、履いているのはスニーカーだから従業員ではないだろう。

奇妙なのはそれだけではない。彼は英国紳士のようなシルクハットをかぶっていた。燕《えん》尾《び》服やスーツならまだしも、まったくもってミスマッチだ。だが相手は気にしていないのか、妙に色気のある笑顔でシルクハットをとると、胸に抱いて大仰に一礼する。

「凛《りん》としているあなたが素敵だったので、思わず声をかけてしまいました」

「はあ……」

歯の浮くような台詞《せりふ》に、嬉しさよりも戸惑いが先に立つ。そもそも、そのような褒め言葉など、生まれてこのかた言われたことがないのだから当然だ。

(なにこれ、ナンパ？　こんなところで？)

悲しいかな、このような経験は一度もなかったので、どうすればいいのかわからない。

目を白黒させていると、謎の男性は美佐紀の前で膝をついた。握った右のこぶしを目の前に差し出す。

「出会いを記念して、ささやかな贈り物を」

男性がぱっと手を開くと、いきなり赤い薔薇が一本あらわれた。本物ではなく造花だから、あらかじめ仕込んでおいたのだろう。

「カイさん！　そこで何をやっているんですか」

背後から声が聞こえてきたかと思うと、コンシェルジュが足早にこちらに向かってくるところだった。カイと呼ばれた男性は、この状況をおもしろがるかのように言う。

「おっと、邪魔が入った。退散するとしよう」

薔薇を美佐紀に手渡した彼は、堂々とした足どりで廊下の奥へと消えていった。コンシェルジュは、「失礼いたしました」とお辞儀をする。

「あの方は、クリスマスイベントに出演予定のマジシャンです。当日までは従業員寮に滞在しているのですが、練習の合間に気分転換と称して館内に出没……いえ徘徊《はいかい》……でもなく、気ままに散歩をしているようでして」

「なるほど。どうりで」

苦笑した美佐紀は、手渡された造花の薔薇に目をやった。人前に出る職業なら、台詞や動きが大げさになるのもうなずける。

「さすがに口がお上手だったわ。これ、いただいてもいいのかしら」

「どうぞご自由にお持ちください」

美佐紀に合わせて微笑んだコンシェルジュは、客室の準備がととのったことを教えてくれた。厨房と連携をとって、紅茶とお菓子でおもてなし。問題は三十分以内にきっちり解決する。マジシャンの登場は想定外だっただろうが、退屈することなく楽しめたので運もよい。トラブルの対処としてはかなりの高得点だ。

(ホテル猫番館……なかなかやるじゃないの)

コンシェルジュの合図で、隅に控えていたベルスタッフが近づいてくる。

さて、次の関門だ。このホテルは、ダブルブッキングのお客にどのような客室を用意してくれたのか。それを確認しなければ。

美佐紀は期待に胸をふくらませながら立ち上がった。

ダウンコートの女性客が小夏の先導で、吹き抜けの階段をのぼっていく。その姿を見送りながら、要は安堵《あんど》の息をついた。今回も無事に乗り切れたようだ。

指先で眼鏡を押し上げ、カウンターに戻る。内側でそわそわしながら待機していた梅原が、「どうでした?」と問いかけてきた。

「たぶん大丈夫じゃないかな」

「たぶん、ですか……」

「何事にも『絶対』はないよ」

ぴしゃりと返した要は、得意の笑顔で続けた。

「可能な限りの最善を尽くしたとしても、クレームになる場合だってある。ミスをしたのはこっちのほうだし、許すか許さないかを決めるのはお客様だ」

「もし苦情が来たらどうするんですか？」

「そのときは誠心誠意謝罪して、再発防止の対策をお伝えする。あらゆる可能性を予測して、迅速に対処できてこそ一流の社会人だと思うよ」

神妙な面持《おもも》ちで耳をかたむけていた梅原は、やがて「はい」とうなずいた。

静岡出身の彼は、大学の進学を機に家を出て、市内のアパートで暮らしている。猫番館でアルバイトをはじめたのは四月なので、まだ一年もたっていない。入社時期がパン職人の紗良と近く、素直で無邪気な気質もよく似ていた。

(反応がいいからつい、いじめたくなってくるのも紗良さんと同じだな)

素直な人間は他人のアドバイスも抵抗なく受け入れるから、伸びやすい。とはいえ受け身すぎても困るので、情報を取捨選択する能力も必要だけれど。

まだ経験が浅いから、突発的なトラブルにはうろたえてしまうものの、梅原は接客業に向いていると思う。経験はこれから積み重ねていけばいい。

（でも彼は大学生だし、卒業したら別の会社に就職するんだろうな）

いつまでバイトを続けるつもりなのかはわからないが、ここにいる間は、社会人になるために必要なことを教えていきたい。要も大学時代は、ビジネスホテルやリゾート地のペンションなどで働き、接客について学んだ。おかげで都内の外資系ホテルに就職したときは、あまり戸惑うことなく仕事に慣れることができたのだ。

「クレーム……どうか来ませんように。吉野様、なんか厳しそうな方だったし」

「梅原くん、見た目だけでお客様を判断しないように。失礼だろ」

「う、すみません。でもあそこで甲斐《かい》さんが出てきたのはびっくりでしたね！」

「あの人は神出鬼没だからなぁ……」

さきほどの光景を思い出し、要は肩をすくめた。

どうにもつかみどころのない人だが、雇われている身なのだから、ホテルの迷惑になるようなことはしないだろう。たまにふらりとあらわれては、ああやってお客に簡単な手品を披露しているけれど、嫌がる人はいなかった。見たところ、ソファで暇を持て余していそうなお客にしか話しかけていないから、相手は選んでいるのだろう。

話しているうちに、新しいお客がチェックインのためにやって来た。

名前を確認した梅原が、宿泊カード（レジストレーションカードともいう）とペンを差し出す。お客が右手でペンを持ったとき、つい数分前の記憶がよみがえった。

そういえば、吉野という名の女性客は……。

ローテーブルを見ると、紗良が茶器を片づけていた。カウンターを出た要は、彼女のほうへと歩いていく。

「紗良さん、お疲れ」

「あ、要さん。吉野さまの件は大丈夫でしたか？」

「うん。予備の客室があったから、そちらに泊まっていただくことにしたよ」

予約が重複したときの対応策として、近隣のホテルを紹介する手がある。

しかし山手は、観光名所といえ基本的には住宅地だ。宿泊施設はほとんどないため、坂を下って中華街やマリンタワーのほうまで足を伸ばす必要があった。せっかく猫番館に到着し、くつろげると思っていたお客に、また移動しろとはとても言えない。

そのため猫番館では、万が一の事態に備え、最低でもひとつは空室を確保している。場合によってはスイートルームを使うこともあるのだが、今回は宿泊しているお客がいたので無理だった。

予備とはいえ、質の悪い部屋に通してしまうと、お客の満足度は低下する一方だ。今回用意したのは二階のツインルームで、窓からの景色は良好。シングルよりもグレードは高いから、雑な扱いをされたとは思われないはず。

「そうですか、よかった」

要の話を聞き終えた紗良は、ほっとしたように微笑んだ。

「さっきは協力ありがとう。紅茶、すぐに持ってきてもらえて助かったよ」

「お客さまをお待たせするわけにはいきませんから」

梅原から事情を聞いた要は、すぐさま彼に指示を出し、厨房と連絡をとった。待たせているお客のために、せめてものもてなしをしたかったのだ。内線を受けたのは紗良だったようで、すばやく用意をしてロビーまで来てくれた。

(しかもこの茶器、母さんのコレクションの中では最高級だったはず)

銀盆の上に載っているティーセットを見て、要は会心の笑みを浮かべた。

茶器はオーナー室の鍵つき棚におさめられているのだが、紗良は短い時間で、みごとにこの茶器を選び出した。良家の子女だから、そのあたりの知識は頭に入っているのかもしれない。期待以上の働きぶりだ。

「そうだ。紗良さん、ひとつ訊きたいんだけど」

「なんですか？」

「吉野様のことだけど、あの方、ティーカップを持つとき左手を使っていなかった？」

小首をかしげた紗良は、ややあって「言われてみれば」とつぶやく。

「たしかに左手だったと思います」

「荷物を持っていたときも、宿泊カードに記入するときもそうだったから、吉野様は高確率で左利きだと思う。食事のときは、カトラリーの位置を逆にしたほうがいいな。いちいち入れ替えるのは、お客様のストレスになる」

食事の際、テーブルセッティングは基本的に、右利きを想定して行っている。事前に左利きだとわかっていれば、はじめから快適な位置に用意することができるのだ。

要の言葉に、紗良は納得したように何度もうなずいた。

「いつものことながらすごい観察眼ですね……！　尊敬します」

「惚《ほ》れ直した？」

「どうしてそうなるんですか。都合よく解釈しないでください」

紗良は少しだけ口をとがらせた。丁寧な口調もいいが、遠慮のない物言いも悪くない。

「それはともかく。あとは夕食時に、グラスワインかソフトドリンクを一杯サービスしてほしいって、隼介さんと桃田《ももた》くんに伝えておいてくれる？」

「サービスということは、無料ですね」

「ああ。お詫《わ》びのしるしということで、有料メニューの中から選んでいただくんだ。ワインを選択されたときは、あとで銘柄《めいがら》を教えてくれると助かる」

「銘柄ですか」

「ソフトドリンクの場合は……やっぱりお菓子が無難かな」

きょとんとする紗良に「こっちの話」と答えたときだった。

出入り口のドアがゆっくりと開き、家族連れのお客が入ってきた。五、六歳くらいの男の子が、ロビーのツリーを見るなり歓声をあげて駆け寄っていく。

「パパママ見てー！　すっごーい」

モコモコに着こんだ子どもが、頬を真っ赤にしてはしゃぐ姿は微笑ましい。そしてわずかな妬《ねた》みを感じる。自分が彼と同じ年頃だったころは、実の両親を亡くして本城家に引きとられたばかりだった。新しい家族は優しく、旅行にも誘ってくれたけれど、要が彼らと旅をする気になれたのは、小学校の高学年になってからだ。

「要さん……？　どうかしました？」

「いや、なんでもないよ」

首をふった要は、胸の痛みをごまかすように笑ってみせた。

しばらくは宿泊手続きで忙しくなるから、自分もカウンターに入って梅原のサポートをしなければ。フロント担当のボスは支配人だが、今日は公休で不在だ。いまは二番手である自分が責任者として仕事をする必要がある。

「それじゃ、わたしは厨房に戻りますね」

銀盆を手にした紗良が踵《きびす》を返そうとしたとき、要は「待った」と声をかけた。

「タイ、曲がってるよ」

「えっ」

彼女はあわてて視線を落としたが、両手がふさがっているので直せない。

身だしなみはお客の第一印象を大きく左右する、接客の基本だ。紗良は厨房にこもって仕事をしていることが多いから、要のように、仕事の最中でも頭の隅で意識するという癖がついていないのだろう。

手を伸ばした要は、「ちょっと失礼」と断ってから、臙脂色のスカーフタイの位置を正しい位置に戻した。キャスケットのつばもわずかにずれていたので、ついでに直す。

「よし、完璧」

「ど、どうもありがとうございます」

「もしかして、照れてる？　この程度で？」

にやりと笑って相手の顔をのぞきこむと、紗良はむきになって「違います！」と反論した。この数カ月、反応がおもしろくてさんざんからかってしまったので、彼女はこちらの挑発には乗るまいと警戒している。しかし、不意打ちにはまだ弱いらしい。

「し、仕事！　要さんも忙しいでしょう。ではそういうことで！」

くるりと背を向けた紗良が、逃げるようにして去っていく。

せっかく直したのに、あれでは厨房に着くまでにまた乱れてしまうではないか。そんなことを思いつつも、彼女にちょっかいを出すのは当分やめられそうにない。自分の困った性分に苦笑を浮かべながら、要はカウンターに戻っていった。


枕元で鳴り響くスマホのアラームが、美佐紀の意識を覚醒《かくせい》させた。

体温であたたまった布団から出るのはつらかったが、休みは終わりだ。いつものように支度をして、仕事に行かなければ。

布団の中で大きく伸びをした美佐紀は、気合いを入れて上掛けをはねのけた。上半身を起こしてから周囲を見回し、はてと首をかしげる。ここはいったいどこだろう？

（ああ、そうだ……。昨日はホテルに泊まったんだっけ）

時刻は七時。いつもは藤沢《ふじさわ》市の辻堂《つじどう》駅から電車で通勤しているため、六時半には起きているのだが、今日は少しのんびりだ。朝食は八時から予約を入れている。

出勤前にシャワーを浴びることが日課のため、ベッドから下りた美佐紀は、スウェット姿のままバスルームに向かった。今朝は冷えるので、お湯の温度を少し高くする。

昨日、ベルスタッフの女性に案内された客室は、二階のツインルームだった。ネットで予約をしたとき、ほかの部屋は空いていなかったはずだから、おそらく予備として確保しておいたのだろう。

客室の変更が起こると、さらなるミスを呼びこみやすい。

備品やアメニティの準備が不十分なこともあるし、掃除がすみずみまで行き届いていないことも、管理が甘いホテルでは稀《まれ》にある。あまり使われていない客室だと、空調や電化製品の不備に気づかず、お客を通してしまう危険もあった。

しかし猫番館では、そんな心配は杞憂《きゆう》だった。姑《しゆうとめ》のごとくあちこちをチェックしてみたが、ベッドの下までホコリひとつ落ちていなかったし、備品もすべてそろっていた。普段からきちんと管理されている証拠だ。

家具はシングルベッドが二台と、壁側に設置されたデスク。窓側には小型のカフェテーブルと椅子が向かい合わせに置かれていた。どれも屋号に合わせた猫足だ。

日常から離れて、心おだやかに過ごしてほしい。

そんなホテルのコンセプトに従って、どの部屋にもテレビは置いていないそうだ。冷蔵庫の中には有料のお酒やジュースの缶が入っており、飲んだぶんだけ会計に加算されるのは、多くのホテルと同じだった。

ポットとティーバッグ、シンプルなカップは備えつけだが、ルームサービスで紅茶や珈琲、軽食を頼むこともできる。飲み物はインスタントではなく、喫茶室で出しているものと同じように、丁寧に淹れてくれるようだ。

(このホテルは食事の評価も高いのよね。たしかにおいしかったわ)

昨夜の夕食を思い出し、美佐紀の口元がほころぶ。旬の食材をふんだんに使ったフランス料理も、焼き立てのパンも、お代わりしたくなるほど美味だった。

メインディッシュは仔羊の香草パン粉焼きで、臭みがなくて食べやすかった。粒入りよりもまろやかだというディジョンマスタードを塗ってから焼いたそうで、上品な辛さが楽しめた。ダブルブッキングのお詫びでサービスしてもらった赤ワインも、料理に合わせた辛口で最高だった。

(あのワイン、あとで銘柄を聞いておこうかな。テーブルワインっぽかったから、値段もそんなに高くないだろうし)

バスルームから出た美佐紀は、備品のドライヤーで髪を乾かし、通勤用の服に袖《そで》を通した。仕事着のスーツは職場の更衣室に置いてあるから、出勤してから着替えればいい。化粧はとりあえず眉だけ描いて、あとは食後にやろう。

八時になると、美佐紀は客室を出て食堂に向かった。階段を下りていると、パンが焼ける香ばしい匂いがただよってきて、その香りにうっとりする。

ホテルでいただく朝食というのは、どうしてあそこまで魅力的なのだろう。国内外を含め、これまでいろいろな宿泊施設に泊まったけれど、安いビジネスホテルでも、不味《まず》いパンが出てきた記憶はあまりない。猫番館では専属のパン職人が働いており、自家製の焼き立てパンを食べられるというのだから、期待がふくらむ。

「吉野さま、おはようございます」

食堂に入ってすぐに迎えてくれたのは、チェックインを待つ際に紅茶とクッキーを運んできた女性だった。少し話してみると、彼女がこのホテルのパン職人なのだという。

「パンにつきましてはビュッフェスタイルになっておりますので、あちらからお好きなものをお召し上がりください。スープや卵料理はわたくしがお持ちいたします」

「わかりました」

「それではお席にご案内いたしますね」

女性に案内されたのは、昨夜とは違う窓際の席だった。ホテル自慢のローズガーデンには面していないが、冬枯れのイングリッシュガーデンを見ることができる。物悲しさの中にも風情があり、これはこれでいいと思う。

「こちらでございます」

「ああ、憶《おぼ》えていてくれたのね。ありがとう」

ホテル側の気配りに、美佐紀の口角が自然と上がっていく。

テーブルの上には昨夜と同じく、カトラリーやナプキンが並べられている。

夕食の際、ナイフやフォークの位置がほかとは逆になっていることに気がついたときは驚いた。たしかに自分は左利きで、レストランなどではいつも、位置を動かすのが地味に面倒だなと思っていたのだ。

『気づいたのは当館のコンシェルジュです。吉野様のチェックインの様子を拝見して、おそらくそうだろうと』

ウェイターの青年にたずねると、そのような答えが返ってきた。

あの眼鏡のコンシェルジュは、そんな細かいところにまで目を配っていたのだ。まだ若いから、たいした気は回せないだろうと侮《あなど》っていた自分が恥ずかしい。

「どうぞごゆっくりお過ごしくださいませ」

コップにオレンジジュースをそそいだ女性が、厨房に戻っていく。丸皿を手にした美佐紀は、パンのカゴが置いてあるテーブルの前に立った。

（どれもおいしそう……）

四つのカゴには、こんがりと焼けたクロワッサンに山型のホワイトブレッド、ブルーベリーとクリームチーズが練りこまれたパンと、今月限定のシュトレンが入っている。

パン屋で販売しているものよりも小ぶりだし、ホワイトブレッド——食パンは一枚の半分、シュトレンも薄く切り分けられているから、ひとつずつなら全種類食べられるだろう。うなずいた美佐紀は、トングを用いてお皿の上にパンを載せていった。

カゴの横にはトースターと説明書きの紙が置いてある。

『クロワッサンとホワイトブレッドは、トースターで軽くあたためると、よりおいしくいただけます』

クロワッサンは焼き立てということなので、美佐紀は食パンをトーストした。ほどよく焦げ目がついたそれをお皿に戻し、自分の席に着く。

「いただきます」

両手を合わせた美佐紀は、まずは食パンを手にとった。昔から食パンが好きで、就職してからは首都圏のいろいろなパン屋を回り、食べくらべているのだ。

近年は生クリームや蜂蜜《はちみつ》、練乳などを贅沢に配合したリッチな食パンがブームになっており、全国で人気を博している。角食タイプがほとんどで、蓋《ふた》をして焼くため水分の蒸発が少なく、きめが細かくしっとり仕上がり、もちもちとした食感のパンになる。

一方の山型食パンは、蓋なしで焼き上げることにより、上に伸びて気泡も大きくなるらしい。砂糖や油脂《ゆし》も少なめで、軽くてふんわりとした食感が特徴だ。

日本では、やわらかくてもっちりした食べ物が好まれる傾向だから、前者が人気になるのは納得できる。しかし美佐紀は後者のほうが好きだった。これればかりは好みなので自分の食べたいほうを選べばいい。

(そして猫番館の食パンは……山型!)

好みのタイプに出会えたことで、美佐紀はすっかり嬉しくなっていた。

角食はそのまま食べてもおいしいが、山型はトーストすることで、その真価を遺憾《いかん》なく発揮する。熱々のパンにバターを塗ると、じわりと溶けて染みこんでいった。一口かじると、かりっと小気味よい音が聞こえてくる。

表面はサクサクとして歯切れがよく、ふんわりとした中身は口溶けがいい。ほのかな塩気と濃厚なバターが絶妙に調和して、最高の味わいを生み出している。小麦の香りが効いていて、食感も軽いから、いくらでも食べられそうだ。

——ああ、なんて幸せ。

幸福感にひたっていると、パン職人の女性がワゴンを押してやって来た。

「お待たせいたしました。朝食でございます」

スープカップの中で湯気を立てているのは、体が芯からあたたまりそうなクラムチャウダー。つくりたてのプレーンオムレツを盛りつけたお皿には、ミニトマトにサニーレタス、鱈《たら》の身を混ぜたという北欧風ポテトサラダが添えられている。さらには焼き目をつけたソーセージも載せられていて、食欲をそそった。

「パンのお味はいかがですか？　お気に召していただけましたでしょうか」

「ええ、もちろん。特にこの食パンがいいわ。私、角食より山型が好きなのよ」

美佐紀の言葉を聞くと、彼女の表情がぱっと明るくなった。

「実はわたしもなんです！　あ、いえその、わたくしも個人的に山型のイギリス食パンを愛しておりまして。角食パンも嫌いではないのですが、どちらが好きかと訊かれたら、やはり山型と即答してしまうと申しますか」

「ふふ、同志ってことね。仲間が見つかって嬉しい」

思わぬところで、思わぬ人物と気が合った。この食パンを購入したかったが、残念ながら販売はしていないのだという。

「角食パンのほうでしたら、喫茶室で販売中なのですが……。山型よりもお客さまの評判がよくて、そちらを商品にしたんです。いつか山型も売り出せるように、利益を上げていくことが当面の目標ですね」

「商売は大変よね。販売されたら絶対に買いに行かせていただくわ」

「ありがとうございます！」

　前途ある若者が仕事について生き生きと語る姿は、美佐紀にはとてもまぶしく見えた。

　自分も就職したばかりのころは、彼女のようにやる気に満ちあふれ、毎日が充実していた。それがいまはどうだ。働く中で厳しい現実を知っていくにつれて、少しずつ心の中の光が陰っていってしまった。

（こんな女に接客されても、お客様は楽しくもなんともないわよね……）

　最近の仕事ぶりを思い出し、美佐紀は自嘲《じちょう》の笑みを浮かべた。

　忙しさにかまけているうちに、気がつけばマニュアル通りの機械的な接客をするようになっていた。せっかくホテルに泊まるのなら、わずかな期間でも日常から離れたい。そんな人々をもてなすためには、自分たちはどう在《あ》るべきなのか。

　学生時代のように、純粋にホテリエの仕事にあこがれていたころ。現実など何も知らずにふわふわしていたけれど、あのころの輝かしい気持ちを捨て去ってはいけない。

ホテリエは、お客に快適な空間と、しばしの安らぎを提供する素晴らしい仕事。それを今一度心に深く刻みこもう。

「吉野さま、食後の珈琲はいかがでしょうか」

「お願いします」

おだやかな気持ちに包まれながら、美佐紀は贅沢な時間を堪能した。

朝食をすませ、身支度も終えた美佐紀は、チェックアウトのためロビーに向かった。担当してくれたのは昨日のコンシェルジュだった。笑顔で迎えてくれる。

「このたびはホテル猫番館のご利用、誠にありがとうございました。お部屋の件ではご迷惑もおかけしてしまって……」

「いえ、それはもう気にしていませんよ。きちんと誠意を見せていただけましたので」

「お心遣い、痛み入ります。今後はスタッフ一同、再発防止につとめてまいります」

カードでの会計が終わると、コンシェルジュはおもむろに、持ち手がついた細い紙袋をとり出した。「よろしければお持ち帰りください」と、美佐紀の前に差し出す。

「これは……?」

「昨日の夕食時に、吉野様がお飲みになったワインのハーフボトルでございます。お気に召していただけたようなので、お詫びの品としてご用意いたしました」

「私にくださるの？」

美佐紀は目を丸くした。お詫びは昨夜のグラスワインでじゅうぶんだったのに。

「フルボトルですと重量がありますし、これからご出勤される場合は邪魔になるかもしれません。ハーフボトルでしたら、さほどの荷物にはならないかと存じます」

「ありがとうございます。実はこのワイン、自分で買おうかと思うくらいにおいしかったの。お気遣いに感謝します」

「またのご利用を、心よりお待ち申し上げております」

「ええ、近いうちにぜひ」

夢のような時間を過ごしたホテルをあとにして、美佐紀はコンシェルジュが手配してくれたタクシーに乗りこんだ。車が発進すると、ちらりと背後を見る。

遠ざかっていく猫番館。問題が起こったとしても、その後の対処の仕方によっては、いまの美佐紀のように「また行きたい」と思わせることができるのだ。同業者でライバルだけれど、彼らの信念や仕事の流儀は見習いたい。

（このワインもいい選択だわ）

事前にこちらの好みをさりげなく調べて、重量的にも金額的にも、ちょうどよいバランスの品を用意する。美佐紀がワインを飲めなかったり苦手だったりした場合でも、菓子折りか何かが準備されたことだろう。

ホテリエに必要なのは、鋭い観察眼と細やかな気配り。それを忘れてはならない。

「あ、その先を右に曲がったところで降ろしてください」

「はい。これからご出勤?」

「そうです。猫番館でリフレッシュしたから頑張れそう」

「それはよかった。あそこはいいホテルでしょう。行ってらっしゃい」

職場の近くでタクシーを降りた美佐紀は、何食わぬ顔で出勤した。仕事着のスーツに着替え、背筋をぴんと伸ばしてオフィスのドアを開ける。

「おはようございます!」

「あ、ああ。おはよう」

「おはようございます……」

室内には課長と、美佐紀を嫌っている例の女性社員がいた。いつもとは違う潑溂《はつらつ》とした挨拶《あいさつ》に、ふたりは面食らっているようだ。

「吉野さん。先日のクレーム報告書、部門長に渡しておいたから」

「恐れ入ります」

「そういえば、来月に接遇に関する社内研修をやるって聞いたよ。ここのところ従業員の気がゆるんでいるみたいだから、研修で叩き直すんだってさ。吉野さんも頼めば特別に受けさせてもらえるかもよ？」

「えー？　あの研修、入社五年以内が対象じゃないですか。主任みたいな『ベテラン』の方は、きっと断られちゃいますってー」

嫌味ったらしい言い方にむっとしたが、いまの自分は猫番館で養った英気に満ちあふれている。今後も課長や彼女と仲良くできる気はしないけれど、職場に合わない相手のひとりやふたりはいて当然。ホテリエの仕事自体は好きだし、どうしても耐えられないというのなら、転職を検討してもいい。

（でもやっぱり、私はここで働きたいのよね）

猫番館のホスピタリティは素晴らしいし、あそこで仕事ができたら楽しいだろう。けれど自分が勤めるこのホテルだって、いいところはたくさんあるのだ。

仕事をはじめてしばらくすると、オフィスに宿泊部門の最高責任者である部門長があらわれた。先日の苦情について叱責されるのかと身構えたが、恰幅《かっぷく》のよい部門長の口角は上がっている。どうやら機嫌はよさそうで、美佐紀は胸を撫で下ろす。

「今しがた、お客様からお褒めの電話をいただいたんだ。出張で横浜に来たとき、毎回宿泊してくださるお得意様でね。フロントで吉野さんにとてもよくしてもらったと」

「私ですか？」

美佐紀はぱちくりと瞬《まばた》いた。

常連客の顔と名前は、頭の中に入っている。そういえば何日か前、その中のひとりが来館し、宿泊手続きをした。たまたまフロントにいた美佐紀が応対したのだ。

「吉野さんはお客様のことを憶えていて、ご挨拶もしたんだろう？　そして予約がなくても、ご希望通りに喫煙可能な客室を手配した。最近は喫煙者に対する世間の目が厳しいからね。その点、吉野さんは嫌な顔ひとつしなかったから嬉しかったそうだよ」

美佐紀にとって、それはホテリエとしてあたりまえのこと。しかしそんな小さな気遣いでも、わざわざ電話をかけて伝えるほどよろこんでくれる人がいるのだ。

「クレームも来ていたようだが、きみは真面目《まじめ》で優秀だし、その仕事ぶりには大いに期待しているんだ。これからもこの調子で頼むよ」

「はい！」

嫌なことは数えきれないほどあるけれど、頑張って働いていれば、たまにはこうしていいことも起こる。美佐紀は晴れ晴れとした気分で、仕事の続きにとりかかった。

Tea Time

三杯目

冷たくも空気が澄んだ十二月。わたしはひと気のないイングリッシュガーデンを、悠々とした足どりで散歩しておりました。

冬の庭園はほかの季節ほど華やかではありませんが、花が少なくすっきりとした庭もなかなかいいものです。いまは早咲きの水仙やクリスマスローズが花を開かせており、二月になれば白く可憐《かれん》な待雪草《スノードロップ》、そのあとには鈴蘭水仙《スノーフレーク》などが咲くでしょう。そんな景色を経《へ》て、華々しい春を迎えるのです。

自慢の尻尾を揺らしながら優雅に歩いていたわたしは、ふいに足を止めました。

背もたれつきのベンチに、ひとりの男の子が座っています。フロントスタッフの制服に身を包んだ彼は、学生アルバイトの梅原《うめはら》くん。彼は右手にスマホを握り締め、放心したような表情で、ぼんやりと空を見上げていました。

いったい何があったのでしょう……。

「あ……マダムかぁ。散歩？」

わたしの姿に気がついた彼は、力なく笑いました。いつもはうっとうしいくらいに元気な子なので、心配です。思わずベンチの上に飛び乗ると、彼はわたしに手を伸ばし、いきなりぎゅうっと抱きついてきました。く、苦しい……。

「猫でもいい。聞いてくれ。実はついさっき、彼女にフラれちゃったんだよ！」

『え？』

「大学の先輩でさ、向こうから告白されて、夏休みからつき合いはじめたんだ。初の彼女だったから嬉《うれ》しかったたし、俺はうまく行ってると思ってたんだよ？　クリスマスイブも一緒に過ごそうって約束して、プレゼントを買うためにバイトも頑張ってたのに」

『まあ……。そんなことがあったの。かわいそうに』

「それなのに、ここで別れるなんて言うか!?　しかも今年のイブは、社会人の彼氏とお泊まりデートってなんだよ。それってもしかしなくても二股《ふたまた》だったんじゃねーの!?」

同情を寄せていましたが、なんだか雲行きが怪しくなってきました。

「いやいや、そんなはずはない。デート代は言われた通りに全額出したし、誕生日と毎月の記念日にも、ちゃんと希望通りのプレゼントをあげたんだから。クリスマスも彼女におねだりされたブランドのネックレスを買うために……」

ぶつぶつ言いながら現実逃避をしていた彼に、どこからか無情な声がかけられます。

「おまえは彼氏なんかじゃない。財布として都合よく利用されていただけだ」

「!」

梅原くんの腕の力がゆるみ、わたしはこれ幸いと抜け出しました。

目を丸くする彼の前に立ったのは、ウェイターの制服を着た桃田《ももた》くんです。

「もっと金払いのいい男に乗り換えたから、あっさり捨てられたんだろう。そもそも就職すらしてない年下のガキに、そこまで遠慮なくなんでも買わせる女がいるか?　いるとしたらそれは、間違いなくろくでもない女だ」

「うう……」

「だいたいそこまで露骨だったなら、最初のころに気づけよ。そんな相手に何カ月も貢《みつ》いでいたなんて、阿呆《あほ》すぎて開いた口がふさがらない」

「ちょ、センパイ。これでも傷心中なんですから、できればもう少し優しく……」

「自業自得だ。自分の愚かさを海より深く反省しろ」

桃田くんの意外な一面に、わたしは驚きを隠せませんでした。

普段の彼は寡黙《かもく》な質《たち》で、仕事と関係のないときにこれほど饒舌《じょうぜつ》になる姿を見たのは、はじめてのことです。それだけ怒りが大きいのでしょう。

がっくりとうなだれる梅原くんを見て、桃田くんは吊《つ》り上げていた眉を少しだけ下げました。ベンチに腰を下ろすと、手にしていた缶入りのおしるこを、隣に座る梅原くんに押しつけます。わかりにくいですが、これが彼なりの優しさなのでしょう。

「今回のことで懲《こ》りたなら、もっと女を見る目を養うことだな」

「精進します……。でもなんでおしるこ?」

「俺の好みだ。悪いか」

「いえいえ。ありがたくいただきます」

おしるこを一口飲んだ梅原くんは、「あーあ」と言って空をあおぎます。

「イブの予定が空いちゃったなぁ。ひとりはさびしいし、本城《ほんじょう》さんに頼んでシフトに入れてもらおうかな。ところで、センパイはつき合ってる人とかいるんですか?」

「いる」

「マジっすか!　リア充かよ。裏切り者!」

「なんでだよ」

「うわ、気になる。いくつの人ですか?　同じ大学?　出会いのきっかけは――」

興奮する梅原くんと、迷惑そうな桃田くん。タイプはまったく違いますが、このふたりは意外とよいコンビになれるのかもしれません。

四泊目

聖夜の魔術師《マジシャン》

時は少し戻り、十一月初旬の日曜日。

仕事の休みを利用して、紗良《さら》は都内にある師匠の家をたずねた。

何度も訪問したことがある一軒家のインターホンを押すと、ややあってスピーカーから「はーい」と軽やかな声が聞こえてくる。名乗ってから間もなくしてドアが開き、六十代前半くらいの女性が姿を見せた。

「いらっしゃい。元気そうね」

「寿子《ひさこ》さんも。お変わりないようで何よりです」

「見た目も同じなら嬉《うれ》しいわぁ。最近ご飯がおいしくて、三キロも太っちゃったのよ」

師匠の妻、和久井《わくい》寿子はそんなことを言いながら、自分の頰《ほお》に手をあてる。

「来月にお友だちとお芝居を観に行くから、これ以上は増えないようにしないとね。洋服のサイズが合わなくなっちゃうわ。そういえば紗良ちゃんも少しふっくらした?」

「う……。じ、実は転職してから四キロほど肥《こ》えてしまいまして」

「あ、お年頃の女の子に訊《き》くようなことじゃなかったわね。でも紗良ちゃん、もとから細いじゃない。ちょっとくらい太ったたって問題ないでしょ」

楽しそうに話していた寿子は、「あらやだ、私ったら」と苦笑する。

「こんなところで長々と。続きは中で話しましょう。どうぞ入って」

「お邪魔します」

玄関に入った紗良は、靴を脱いで家に上がった。履《は》いてきたショートブーツはきちんとそろえて端に寄せてから、寿子のあとについてリビングに向かう。

「竜生《たつお》さん、紗良ちゃんが来てくれたわよ」

「おお、よく来た。貴重な休みの日に呼びつけてすまんな」

「いえいえ。わたしこそ、お願いを聞いていただけて嬉しいです」

笑顔で答えた紗良は、ソファに座っている年配の男性に向けて微笑《ほほえ》みかける。

体格は骨太でがっしりしており、長袖《そで》のポロシャツの上からでも、胸板や両腕のたくましさがうかがえる。現役時代よりも痩《や》せてしまったが、表情は生き生きしていた。

「お師匠さま、おひげを伸ばされているんですね」

「おう。働いていたころは清潔感が最優先で、ずっと剃《そ》ってただろ。いまなら好きなだけ伸ばせるし、どんなものか試してみたくてさ」

師匠は自分のあごに手をやって、白と黒が交じった色のひげを撫《な》でる。

「どうだ。似合うか?」

「はい。ダンディなおじさまって感じで格好いいですよ。渋い大御所俳優さんみたい」

紗良の返事を聞いた師匠は、「俳優か」と嬉しそうにうなずいた。

「紗良ちゃん、あんまりおだてちゃだめよー。この人すぐ調子に乗るんだから」

「何を言う。俺は常に沈着冷静だぞ」

「あーら。今日が楽しみでしかたがなくて、紗良ちゃんに出すケーキやお菓子をいそいそと買いに行ったのは誰だったかしら」

「ふ、普通だろう。来客はもてなさないといかん」

寿子にからかわれた師匠は、わざとらしく咳《せき》払いをした。威厳を保とうとしても、長く連れ添った妻にはお見通しなのだ。

「そうだ、ケーキを買ったじゃないか。紗良に出してやってくれ」

「はいはい」

「苺《いちご》が載ったやつだぞ」

「私はキャラメルナッツパイがいいわー。竜生さんは抹茶《まっちゃ》ロールということで」

(よかった。お師匠さま、前に会ったときよりもお元気そう)

「そうだ。こちらお土産《みやげ》の焼売《しゅうまい》です。今回もこれでいいんですか?」

「いつもありがとう。横浜《よこはま》名物だったら、お菓子よりこっちのほうが好きなの。東京でも買えるんだけどね」

寿子は嬉しそうな表情で、朱色と白の紙に包まれた長方形の箱を受けとった。

「お夕飯のおかずが増えて助かったわ。あたためなくてもおいしいし」

「わたしはむしろ、常温のままのほうが好きですね。干した帆立《ほたて》の貝柱が、なんとも言えない旨味《うまみ》を引き出していて……」

「ふふ、楽しみ。お茶を淹《い》れてくるからちょっと待っててね」

箱を手にして台所に向かう寿子を、紗良は口元に笑みをたたえたまま見送った。

紗良は五月に和久井夫妻を猫番館《ねこばんかん》に招待し、洋館ホテルで過ごすひとときを堪能してもらった。その後も二、三度、パンづくりに関する悩みや疑問を聞いてほしくて、師匠の自宅をたずねている。

――お師匠さまが倒れてから、もうすぐ一年。

昨年の十二月、経営しているベーカリーで紗良とともに働いていたとき、師匠は脳梗塞《のうこうそく》を発症して救急搬送《はんそう》された。幸い命をおびやかすほど悪化はせず、治療とリハビリを行い退院もできたのだが、左半身に麻痺《まひ》が残ってしまった。

症状がごく軽度であり、なおかつリハビリの効果が出たおかげで、杖を使えば歩くことができる。手足も以前ほどではないにしろ動かせた。言語をつかさどる左脳は無事だったので、失語症などの障害も起こらなかった。介護認定を申請して要支援になり、現在はいくつかのサービスを受けているそうだ。

残念ながらパン職人として働くことはもうできず、自宅の近くにあるお店は閉めることになった。同時に紗良も仕事を失い、途方に暮れていたところ、叔父の紹介でホテル猫番館に再就職することになったのだ。

(お師匠さまがいなかったら、わたしはたぶん、パン職人にはなっていなかった)

師匠と出会ったのは、高校生のころ、ふらりと足を踏み入れた小さなベーカリー。

そこで師匠が焼いたパンを買い、口にしたときに衝撃を受けた。クロワッサンにコロッケパン、そして看板商品の黒糖くるみあんパン。あれほどおいしいパンを食べたのは、そのときがはじめてだったと思う。

――わたしは将来、こんなパンをつくれるような職人になりたい。

あの日、紗良の心に夢の種が生まれた。

大事に育てて芽吹かせて、いつか大輪の花を咲かせることができたら。

そんな夢を抱いた紗良は、付属の大学ではなく専門学校への進学を希望した。厳格な祖父母と母、そして兄には大反対されたが、父と弟は応援してくれた。自分の意志を貫いた結果、前者とはわだかまりができてしまったけれど、後悔はしていない。

「お待たせ。紗良ちゃんは紅茶でよかったかしら」

「はい」

　紅茶とケーキをごちそうになりながら、紗良は和久井夫妻となごやかなおしゃべりを楽しんだ。やがてお皿が空になると、向かいに座る師匠は、自分の隣に置いてあった一冊のノートに手を伸ばす。

「シュトレンのつくり方《ルセット》だったな。ここに書いてあるから持って行け」

「ありがとうございます！　無理を言ってすみません」

「無理なもんか。紗良の手に渡るなら、こいつも浮かばれるだろうよ。ここで眠らせておくのはやっぱり惜しいし、使ってもらえるなら本望だ」

　手渡された古いノートを、紗良はお礼を言って受けとった。

　師走《しわす》を翌月に控え、紗良は限定で販売するパンの計画を練っていた。

　とはいえ、ほかの月ほどラインナップに頭を悩ませることはない。十二月といえば、まず連想するのはクリスマス。欧州には伝統的なクリスマス菓子がいくつもあるし、その中から選べばよいのだから。

　有名なところでは、ドイツのシュトレン、イタリアのパネトーネにパンドーロ、そして英国のクリスマスプディングだろう。イタリアの二種類は、日本では知名度がさほど高くなさそうだったし、英国のそれは叔父がデザート用につくるという。そのため、消去法でシュトレンを採用することにした。

シュトレンは近年、クリスマスの定番品として認知され、各地のパン屋で置かれるようになった。もちろん和久井ベーカリーでも販売しており、よく売れていたのだ。紗良は師匠を手伝っていたが、季節限定なので経験が少なく、詳しいつくり方も知らない。材料の配合比もわからなかったため、師匠に連絡して教えを乞うたのだ。

『シュトレンのつくり方？　たしかうちにノートがあったような……。探しておくから見つかったらとりに来るといい』

快《こころよ》く承諾してくれた師匠から受けとったノートを、紗良はわくわくしながら開いた。中には走り書きのような文字とともに、数字や完成予想図などが記されている。

「ほかのパンについても書いてあるんですね」

「思いつくままに書き散らしたやつだからなぁ。ルセットというかネタ帳だな。人に見せることなんて考えてなかったから、字も汚くて読みにくいんだ。すまん」

「そんな。お師匠さまのネタ帳……貴重なアイデアの宝庫じゃないですか」

「はは。本当はちゃんと清書したやつもあったんだよ」

師匠はさびしげに笑いながら、あごに生やしたひげを撫でる。

「でも店をたたむときのゴタゴタで、どっかに行っちまって。あのとき俺はまだろくに動けなかったし、撤退作業は人に頼んだからしょうがないんだけどな」

「そうだったんですか……」

「情けない話だが、店があった場所にはいまだに行けないんだ。ビルはもう取り壊されてるはずだから、更地になってるだろうけど」

師匠が営んでいた和久井ベーカリーは、ここから歩いて十分ほどの場所にある。紗良も近所のアパートに住んでいたので、この町には愛着を持っている。

正確には「あった」と言うべきなのだが、紗良としてもあのお店がもうどこにもないなんて認めたくないし、考えるだけで悲しくなってくる。和久井ベーカリーが入っていたテナントビルは、老朽化で取り壊しが決まっており、跡地には新しいビルが建てられると聞いた。そこにはいつか、新しいパン屋が入居するのだろうか……。

(わたしもやっぱり、お店が更地になったところは見たくないな)

和久井ベーカリーが終了してから、何度かこの家をたずねているが、紗良もお店のほうには行っていない。だから師匠の気持ちがよくわかった。

「……店がもうないからこそ」

師匠がぽつりと言った。紗良に渡したノートをじっと見つめる。

「和久井ベーカリーのパンを引き継いで、別の職場で新しいお客に広めてくれる弟子がいることが、すごく嬉しいんだよ」

「お師匠さま……」

「前に教えた黒糖くるみあんパン、あれは俺の宝だ」

そう言った師匠は、ゆっくりと目を閉じた。きっと在《あ》りし日の店内の様子を思い浮かべているのだろう。黒糖くるみあんパンは、師匠が生み出した最大のヒット作。和久井ベーカリーの売り上げを支えてくれた、まさにエースだった。そしていま、紗良が猫番館で販売しているそれも、期待通りに看板商品となったのだ。

「紗良はパン職人になって何年だ？」

「今年で四年目です」

「卵じゃないが、職人としてはまだまだヒヨコだな」

「う……おっしゃる通りです」

目を開けた師匠は、ふっと笑った。首をすくめた紗良をまっすぐ見据《す》える。

「でもな。俺のもとを離れてひとり立ちした以上、おまえはプロの職人として、自分の足で歩いていかないといけないんだ。経験はこれから積んでいけばいい」

「はい」

「もちろん俺も、できる限りの支援はするし、相談にも乗る。だが、宝を譲り渡したのはそれとは関係ないぞ。それだけの価値がおまえにあると思ったからだ」

嬉しい言葉に、紗良の両目が思わず潤む。

「俺からすればヒヨコだが、いまの紗良を見ていれば、これから大きく育っていくだろうと確信できる。だからそのネタ帳も、よろこんでおまえに託そう。役立ててくれ」

「ありがとうございます。お師匠さまの名に恥じないよう、今後も努力を続けます!」

ノートを胸に抱いた紗良は、決意をこめて元気よく答えた。


それからひと月余りの時が過ぎた、十二月のはじめ。

多くの人々の流れに乗って、紗良は元町《もとまち》・中華街《ちゅうかがい》駅の改札から外に出た。時刻は十七時半だったが、空はすでに真っ暗だ。

「寒……」

凍えるような風が吹き、紗良は思わず首を縮めた。はずしていたマフラーを首にぐるぐると巻きつけ、猫背気味で歩きはじめる。

今日は公休で、なおかつ弟の誕生日だったため、お祝いしたくてランチに誘った。紗良は三人兄弟の真ん中で、六つ上の兄と、五つ下の弟がいる。大学一年生の弟は鎌倉《かまくら》山にある実家で祖父母や両親と暮らしており、紗良との関係は良好だ。

兄のように微妙な仲ではないのだが、必要なとき以外は連絡をとらないし、このような機会でもない限り、一緒に出かけることもない。これが妹ならまた別だったかもしれないけれど、異性のきょうだいはおおむねこんなものだろう。今日は弟が行きたがっていた都内のお店で昼食をご馳走《ちそう》し、渋谷《しぶや》で買い物をしてから帰ってきたのだ。

(そうだ。せっかく元町にいるんだし、ちょっと飲みに行こうかな)

この近くには、少し前に小夏《こなつ》に連れて行ってもらったアメリカンなダイニングバーがある。手づくりのハンバーガーやカクテルはおいしかったし、店内の雰囲気もよかった。ああいった場所にひとりで行くのは緊張するが、あのお店なら大丈夫そうだ。

方向を変えた紗良は、記憶を頼りにバーに向かった。

裏通りをしばらく進んでいると、カラフルな光を放つネオン管が目印の雑居ビルにたどり着く。階段を上がり、二階にある出入り口のドアを開けた。店内から流れてくるBGMは、時代がかったロックンロール。いかにもアメリカといった印象だ。

開店からさほど時間がたっていなかったが、中には何人かのお客がいた。中を見回した紗良の視線が、ある場所で止まる。

赤いシートのボックス席に、見知った顔の男性がいる。あれは……。

——要《かなめ》さん?

まさかこんなところで見かけるとは思わず、紗良は目をぱちくりとさせる。

要は私服ではなく、なぜかコンシェルジュの制服を着たままだった。左胸の名札だけははずした状態で、前髪も上げて仕事用の眼鏡もかけている。

彼の向かいにはひとりの人物が座っているが、この位置からだと後ろ姿しか見えない。

肩より少し長めの髪をひとつに縛ってはいたものの、肩幅が女性のそれより広く、男性だろうと予想する。制服姿の要と話をしているということは、猫番館に関係する人なのかもしれない。

(要さんの気が散ったら悪いし、今日は帰ろうかな……)

何かの商談であれば邪魔をしてはならないと、踵《きびす》を返そうとしたときだった。

カウンター席に座っていた男性と、ふいに目が合う。以前このバーに来たときと同じ席にいるのは、元町の洋菓子店「ブランピュール」の桜屋《さくらや》店長だ。

今夜も来店していた彼は、紗良の姿に気がつくと、微笑んで手招きする。

無視するわけにはいかなかったので、紗良はできる限り気配を殺し、こそこそとカウンターに近づいた。そんな様子を見た桜屋店長は不思議そうに首をかしげ、ややあって納得したようにうなずく。

「もしかして、要くんに気を遣ってるの?」

「あ、その。お仕事中みたいなので……」

「まあそうだけど、同僚が来たくらいで集中を乱されるような人じゃないよ。彼はね」

「たしかに……」

「だからそんなに気にしないで。あ、こっちの彼女はうちの奥さん。紗良ちゃんとは初対面だよね？」

桜屋店長の隣には、彼と同年代と思《おぼ》しき女性が座っている。小柄でふっくらした体つきの彼女は、ベージュのカーディガンに黒地の花柄ロングスカートという、可愛《かわい》らしい格好をしていた。やわらかそうな猫っ毛は自分の髪質と近そうで、親近感を覚える。

「妻の菜穂《なほ》です。夫がお世話になっております」

「はじめまして。高瀬《たかせ》紗良と申します」

ふんわりと笑った彼女に向けて頭を下げると、桜屋店長が「紗良ちゃんは猫番館のパン職人なんだよ」と妻に教える。彼らの間には二歳になったばかりの息子がいるのだが、今日は実家の身内が遊びに来ており、面倒を見てくれているそうだ。

「俺の妹とその彼氏だよ。三時間あずかるから、その間にふたりで出かけてこいって」

「それで奥さまとデートされているんですね。家族思いのいい妹さんじゃないですか」

「普段は生意気だけどね」

そんなことを言っていても、妹を大事に思っていることが伝わってくる。紗良の兄は独身だが、もし今後結婚して子どもが生まれたとしても、桜屋兄妹《きょうだい》のように交流することはできないだろう。だから仲のよい彼らをうらやましく思った。

「ところで店長さん。どうして要さんがここに？」

「それは本人に直接訊いてみたら？　話もまとまったみたいだし」

視線を向けると、ちょうど相手の男性が立ち上がったところだった。

中肉中背のその人は、たたんだコートを小脇にかかえ、こちらに近づいてくる。年齢は三十五、六くらいだろうか。

「どうでした？」

桜屋店長が問うと、男性は口の端を上げた。にやり、と表現するのがふさわしい笑みだ。

「あんなこと言われたら受けるしかないだろ。ほかならぬ桜屋くんの紹介だしな」

「それはよかった。でも、カイさんにとっても悪くない話だったでしょう」

「そうだなぁ。報酬《ほうしゅう》もまあまあだったし。もちろんそこからさらに吊《つ》り上げたけどさ」

「うわ、守銭奴《しゅせんど》」

「なんとでも言うがいい。とりあえず、今日のところはこれで帰る。マスター、僕のぶんの会計はあっちの眼鏡くんが持つからよろしく」

器用にウインクした男性は、流れるような動作で黒いコートをはおると、片手をひらひらさせて店を出ていった。

「さて、俺たちもそろそろ帰らないと」

もうすぐ妹と約束した三時間になるらしく、桜屋夫妻も会計をすませて退店する。

紗良のまわりに誰もいなくなると、ようやく要が近づいてきた。めずらしく、少し疲れた顔をしている。

「はあ……。予想以上に吹っかけられたぞ」

「お疲れさまです」

「ああ、紗良さん。こんなところで会うなんて奇遇だね」

「このお店、前に小夏さんと一緒に入ったことがあって。今日はひとりですけど」

「ふうん。俺は桜屋さんに教えてもらうまで知らなかったよ」

言いながら、要は空いていたカウンターチェアに腰かけた。「紗良さんも座れば?」とうながされたので、隣の席に腰を下ろす。

このあともホテルに戻って仕事をするということで、要はお酒ではなくジンジャーエールを注文した。紗良はメニューとにらめっこをしてから、フライドポテトとチリビーンズがついているバーガープレートと、クラフトビールを頼む。

「紗良さんが頼んだもの、おいしそうだなぁ」

「よかったら食べますか？　ポテトなら分けられますよ」

「女神がいる……」

「ふふ、大げさですってば」

注文品が来るまでの間、紗良は要にさきほどのやりとりについてたずねてみた。

「あの人は甲斐優《かいすぐる》さん。元マジシャンで、その界隈《かいわい》ではけっこう有名な人みたいだね」

「元ということは、いまは違うお仕事を？」

「うん。五年くらい前にやめてからは、一般の会社に勤めているらしいよ。この店のマスターとは昔からの友だちで、桜屋さんとは飲み仲間。――そうですよね？」

黙々とポテトを揚げていたマスターは、「まあね」と笑った。

「七月に店を開いてからしばらくは、なかなかお客が来なくてさ。甲斐に愚痴《ぐち》をこぼしたら、客寄せにマジックショーをやってみたらどうかって。甲斐本人がやってくれるっていうから、週に二回ほどバイトを頼むことにしたんだ」

「そうだったんですか」

「これが思った以上にウケてねー。おかげで最近は少しずつお客が増えてきたよ。ありがたいことだね」

揚げたてのポテトをバットに移したマスターは、続けてハンバーガーのバンズに具材を挟みこんでいく。炭火で焼き上げたというこだわりのビーフパティに、スライスしたチェダーチーズ。そして新鮮なトマトに青々としたレタス。どれもおいしそうだ。

「……実はさ」

先に運ばれてきたジンジャーエールを飲んだ要が、大きなため息をつく。

「クリスマスイベントでマジックショーをやる予定だった人が、十日くらい前に交通事故に巻きこまれちゃって」

「ええっ!?」

「命に別状はないんだけど、腕の骨折で全治二カ月。イベントは今月だし、どうやっても出演は無理だろ。だから急遽《きゅうきょ》、代わりの人を探すことになってね」

「知りませんでした……」

まさかそんなことになっていたなんて。紗良はぼうぜんと要を見つめる。

「情報はまだ伏せているからね。俺のほかにはオーナーと支配人しか知らないよ。急なことで混乱させてスタッフの士気が下がったら困るし、事実は代役が見つかってから伝えようってことになったんだ」

猫番館でのクリスマスイベントは毎年行われているが、内容はその年によって異なる。

定番かつ人気なのはやはり音楽コンサートで、ピアノやバイオリン、フルートやハンドベルなどの奏者を雇い、宿泊客に生演奏を堪能してもらっているそうだ。

今年は贅沢《ぜいたく》にも二本立てで、ジャズライブとマジックショーが予定されている。マジックがだめでもコンサートがあるならと思ったが、イベント内容についてはすでに告知されており、中止にしてしまうと信用問題にかかわるのだという。

「お客様の中には、マジックショーが観たくて予約を入れてくださった方もいるはずだからね。楽しみにしていたイベントが中止になったら、誰だって悲しい気分になる。年に一度のクリスマスに、そんな思いはさせたくない」

「そうですね……」

オーナーと支配人、そして要は、手を尽くして代わりの出演者を探した。しかしなかなか条件に合う人が見つからず、どうしようかと困っていたとき、桜屋店長を通じて甲斐氏の存在を知ったのだという。

「さっきは出演の交渉をしていたんですか？」

「ああ。桜屋さんとマスターの協力で、交渉の場を設けてもらって。予算は少しオーバーしたけど、出演してもらえることになったよ」

要はほっとしたように表情をゆるめた。

「よかったですね。これでお客さまにも楽しんでいただけます」

「唯一の懸念は、甲斐さんが現役じゃなくて、元プロだってところだけど……。この店でバイトはしているし、腕が衰《おとろ》えたってわけじゃないのかな」

「それまでプロでやっていたのに、どうしてやめてしまわれたんでしょう？」

「さあ？　マスターなら知っているかもしれないけど、むやみに詮索しないほうがいいと思うよ。甲斐さんにだっていろいろ事情があるだろうし」

「そうしてもらえると助かるね。はい、お待たせしました」

　口を挟んだマスターが、紗良の前に注文品を置く。

　紗良はハンバーガーを手にとると、遠慮なく大きな口を開けてかぶりついた。その様子を興味深げに見つめていた要が、なぜか残念そうに言う。

「意外と普通の食べ方なんだなぁ。箱入り娘だからナイフとフォークを使うかと思った」

「そんなことしませんよ。こういうものは手づかみで食べてこそおいしいんです」

（小夏さんの受け売りだけど！）

　前回、まさに要が言った通りのことをしようとしたのだが、彼はその場にいなかったので知る由《よし》もない。しかしなんとなく見透かされているような気がして、紗良は要から視線をはずし、食事に集中した。

「紗良さん、ポテトもらってもいい？」

「どうぞ」

手を伸ばした要が、バーガープレートから皮つきの厚切りポテトをつまみ上げ、口に入れる。おいしかったようで、続けてもうひとつ。

「そういえば、紗良さんはクリスマスも仕事？」

「ええ。二十三日から二十六日までは連勤です。要さんも？」

「もちろん。この業界にいる限りはしかたないよな。でも、前のホテルに勤めていたときは、それが理由で当時の彼女にふられたよ」

「えっ」

気になる言葉に、紗良は思わず要のほうを見てしまう。

「相手は一般の会社員だったから、普段から予定が合わないことが多くてさ。さすがにクリスマスまで仕事っていうのは我慢できなかったんだろうなぁ」

「そ、そうですか……。残念でしたね」

「不満を抱かせたことについては申しわけなかったけど、ホテルの仕事を辞める気はないし、彼女とは縁がなかったんだろうな。だから次につき合うなら、そのあたりのことも含めて理解してくれる人がいればいいなって」

要は自前のウエットティッシュで指先をぬぐいながら、さらりと言う。

「ああ、同業者なんかいいかもしれない。お互いの仕事を尊重できそうだし」

「！」

「でもあまり近すぎるのも困るかもな。いろいろと面倒だ」

（面倒、とは……？）

言葉の真意をはかりかねていると、近くから電話が鳴る音が聞こえてきた。ジャケットの内側からスマホをとり出した要が応答する。要は外出するとき社用のスマホを持つというから、相手は猫番館の誰か――言葉遣いからしておそらく支配人だろう。

「……はい、わかりました。すぐに戻ります」

通話を終えた要は、伝票を手に立ち上がった。なぜかカウンターに置いてあった紗良の伝票も、ひょいと奪いとる。

「あっ」

「今日の会計は、まとめて経費ということにしておくよ」

にっこり笑った要が代金を支払い、マスターに領収書を発行してもらう。大丈夫なのだろうかと思ったが、彼ならうまくやってしまいそうだ。

「それじゃ、またね」

颯爽《さっそう》とした足取りで去っていく後ろ姿を、紗良は複雑な気持ちで見送った。

翌日の午後、紗良は師匠から受け継いだノートを参考にして、シュトレンの生地づくりにとりかかった。

この菓子パンの原形は、十四世紀、製パン職人のギルドをつくることを許可したナウムブルクの司教に感謝して、パン職人たちがクリスマスの贈り物として献上したものだとされている。当時は素朴なパンだったが、時代が下るにつれ、バターやフルーツ、砂糖といった贅沢な素材が使われるようになったようだ。

本場のドイツでは、消費者保護を目的として、食品におけるガイドラインがそれぞれ設けられている。シュトレンについては、粉が百パーセントに対してバターが三〇パーセント以上、ドライフルーツが六〇パーセント以上と決められている。この配合比を守ってつくられたものだけが、晴れて「シュトレン」を名乗ることができるのだ。

このほかにも、バターをたっぷり使ったブッターシュトレンや、芥子《けし》の実入りのモーンシュトレン、アーモンドが入ったマンデルシュトレンなど、さまざまな種類に対しての規約も存在している。

（まずは前生地をつくって……）

師匠のシュトレンは小麦粉と生イースト、そして牛乳で種をつくって短時間発酵《はっこう》させるという、アンザッツ法が用いられている。それが終わると、よりソフトな生地に仕上げるため、バターに砂糖、スパイスやローマジパンを混ぜ、空気を含ませていくクリーミングと呼ばれる作業を行った。

それから本生地をこねていき、先につくっておいた生地とドライフルーツ、ローストしたくるみとアーモンドを混ぜ合わせた。生地に練りこむサルタナレーズンやオレンジピール、レモンピールは、ラム酒と蜂蜜《はちみつ》に一週間ほど漬けこんでおいたものだ。日数はつくり手によって異なり、長いときには二、三カ月じっくり漬けるものもある。

生地を分割して丸めたのち、麵棒《めん》を使って成形を行った。シュトレンの形は、幼いイエス・キリストがおくるみに包まれた姿を模したと言われている。これはこのパンが生まれた当初から、変わらず守り続けられていた。

最終発酵をしてから焼成し、熱いうちに溶かしバターを全体に塗って、表面に染みこませる。さらにバニラシュガーをまぶし、常温で一日ほど置いてから、最後に粉糖をふりかけて完成だ。ドイツではこのシュトレンが壊れてしまうと、来年その家族に不幸が降りかかるという言い伝えもある。

（ああ……この瞬間のために生きている）

オーブンの蓋《ふた》を開けた瞬間、あふれ出てくる焼き立ての香り。ナッツの香ばしさやドライフルーツの甘酸っぱい香りも混じり合い、幸せな気分に包まれる。

「ふう……」

仕上げの一歩手前、バニラシュガーをまぶし終えた紗良は、思わず安堵《あんど》の息をついた。

シュトレンは低めの温度で長く焼成するため、表面のクラストは厚くなる。中身の気泡はあまりなく、目が詰まったものになるのが特徴だ。日持ちがするし、焼き立てよりも何日か経過して味がなじんだほうが、よりおいしくなると思う。

「お、シュトレンか。十二月って感じだなぁ」

保存場所に移そうとしたとき、叔父がひょいとのぞきこんできた。

「喫茶室で売るんだろ？」

「ええ。スライスしたものを朝食用に出してもいいかなと」

「ふーむ……。これ、アレンジすればクリスマスディナーのデザートに使えるかもな。卵液に浸してパンプディングにするとか。隼介《しゅんすけ》、どう思う？」

調理器具の手入れを行っていた隼介は、顔を上げてシュトレンに目を向ける。

「季節感は出せそうですね。ワインとも合いますか？」

「赤ならいけると思うぞ。レーズンと相性がいいし」

「わかりました。赤ワインをおすすめするなら、前菜に生ハムか鴨《かも》肉を使いましょう。メインは牛フィレ肉のポワレにする予定なので、これも合うと思います」

「よーし。それじゃ紗良、ディナー用のシュトレンもつくっておいてくれ。デザート盛り合わせのひとつとして使わせてもらう」

「承知しました！」

シュトレンを保存した紗良は、続けて夕食用のパンをつくり、最後に翌日の朝食用の生地を仕込んだ。これで今日の勤務は終了なので、まだ仕事をしている隼介や早乙女《さおとめ》、叔父に挨拶《あいさつ》をして厨房《ちゅうぼう》を出る。

更衣室で着替えた紗良は、貴重品を入れた巾着袋を手にホテルを出た。

整備された石畳《いしだたみ》の道を歩いていると、視線の先に寮である小さな洋館が見えてきた。玄関の前には一組の男女がいる。

「オーナー？」

「あら、紗良ちゃん。お疲れさま」

ふり向いたオーナーこと綾乃《あやの》が、優雅に微笑む。彼女の隣には、黒いコートを着た見覚えのある男性が立っていた。

（この人は昨日の……）

元町のダイニングバーで要と交渉していた、代役のマジシャンだ。彼の横には長期の海外旅行にでも行くかのような、大きなスーツケースが置いてある。そして左肩にはペット用のキャリーバッグをかけており、そこから顔をのぞかせていたのは――

「可愛い！」

くりっとした目で紗良を見上げていたのは、オレンジがかった茶色と白の、愛らしいトラ猫だった。こちらの存在におびえたり威嚇《いかく》したりすることはなく、好奇心にあふれた表情をしている。

「ああ！　どこかで見たことのある顔だと思ったら、ゆうべバーにいた子か」

甲斐氏は紗良のことを憶《おぼ》えてくれていたようだ。耳に心地よい声音《こわね》で自己紹介をする。

「改めまして、甲斐優です。こっちのトラは万福《まんぷく》っていうんだ。七歳のオスだよ」

「万福ちゃんですか。縁起がいいお名前ですね。わたしは高瀬紗良と申しまして、猫番館のパン職人をつとめております」

紗良が軽く頭を下げると、万福がニャーニャーと鳴きはじめた。

「どうした？　やけに興奮してるな」

「あの、ちょっと万福ちゃんにさわらせていただいてもいいですか？」

「それはもちろん」

手を伸ばした紗良は、そっと万福の頭を撫でた。手の甲をぺろりと舐《な》められる。

「美人に撫でられてそんなに嬉しいか。なんだかんだ言って男だな」

「たぶん、パンの香りに反応しているんだと思いますよ。けっこう染みついているので」

「万福は食いしん坊だからね。よろこばせてくれてありがとう」

甲斐氏が笑顔で右手を動かすと、そこからとつぜんピンクの薔薇《ばら》が出現した。目を丸くしていると、さらにもうひとつ黄色い薔薇が。驚く紗良に「まだまだ」と言いながら、今度は左手からするすると小さな万国旗を引きずり出した。

「すごい！　目の前でマジックを見たのははじめてです」

「タネそのものは簡単だよ。やり方さえ覚えれば誰でもできる。マジックにおいてもっとも重視しなければならないのは、いかにして観客の目をあざむくことができるか……つまり演出だね。プロのマジシャンは、あらかじめいろいろな場所に仕込んでおいたタネと巧みな演出方法で、観客を楽しませているんだ」

そんな話をしていると、綾乃が納得したように言う。

「ふたりとも、先に会っていたのね。だったら話がはやいわ」

にこりと笑った綾乃は、甲斐氏が本番までの間、特別に寮で暮らすことが決まったのだと告げた。先月にパン職人の秋葉《あきば》が使っていた部屋が空いているので、そこにしばらく入居するのだという。

「日にちに余裕はないけど、できるだけ練習時間を設けたくて。ここなら会場のホテルにもすぐに行けるし、職場に通うのも家よりこっちのほうが近いんですよ。練習に専念したいのは山々なのですが、本業はしがない会社員なので」

「お忙しいのに引き受けてくださって、本当にありがとうございます」

「短い間ですが、しばらくお世話になります」

そう言った甲斐氏は、「それにしても」と寮を見つめる。

「雰囲気のある洋館ですね。ホテルも僕好みだし、やる気が高まります」

「お褒めにあずかり光栄ですわ。さあ、中も案内しましょう」

「万福と一緒でもいいとのことですけど、ここにも猫がいると聞きました。オスとメスだし、大丈夫ですか?」

「うちのマダムは、ホテルで猫のお客さまもお迎えしているの。体が大きいからたまに怖がられることもありますが、だいたいは仲良くなれますよ」

寮のマスターキーをとり出した綾乃が、施錠を解いてドアを開ける。紗良は甲斐氏を手伝って、車輪の汚れをぬぐったスーツケースを上がり框《かまち》に置いた。

「ありがとう。助かったよ」

「大きいお荷物ですね」

「ほとんどはマジックに使う道具だよ。予算との兼ね合いでそんなに大がかりなことはできないけど、可能な限りは凝《こ》った舞台にしたいから」

床に膝《ひざ》をついた甲斐氏は、キャリーバッグを開けて万福を放した。はじめての場所の匂いを嗅《か》ぎ、あたりを見回していると、奥からゆったりとした足どりでマダムが近づいてくる。彼女はすでに仕事を終え、こちらに戻っていたようだ。

「これはこれは。噂《うわさ》通りの美しさだ」

まるで貴婦人を相手にしているかのように、甲斐氏はマダムに向けてうやうやしく一礼する。それがお気に召したのか、マダムは彼の手に顔をすり寄せた。

「麗《うるわ》しのマダム、うちの万福をなにとぞよろしくお願いします」

マダムと万福はお互いの匂いを嗅いでから、一瞬だけ鼻先を触れ合わせた。猫の挨拶ができたから、おそらく大丈夫だろう。

「お部屋は一階の三号室です。二階は女性専用だから上がらないようにね」

「心得ました」

「シャワー室とお手洗いはお部屋に備えてあります。キッチンと洗面所は共用で……」

歩きはじめた綾乃のあとを、甲斐氏はスーツケースを引きながら追う。万福は彼の足下をうろちょろしつつ、あてがわれた部屋へと向かっていった。


従業員寮で寝泊まりするようになった甲斐氏は、朝から夕方までは市内にある会社に出勤し、夜間と土日を利用して公演の練習をはじめた。

マジックショーは宿泊客向けのイベントで、食堂でクリスマスディナーを堪能しながら楽しむ形になっていた。定位置で行われるジャズライブとは異なり、マジシャンはテーブルの間を自由に動き回ることができるため、あらゆる場所にタネを仕込める。

『こちらの綿密な仕込みに気づかれないように、あたかも魔法が起こったかのごとく振る舞う……。それがプロに必要な技術だよ』

甲斐氏は毎夜、宿泊客が夕食をすませてから食堂へ行き、マジックのタネを考えたり実践したりしながら準備を進めている。それは寮に泊まっているからこそできることで、綾乃もそのあたりを配慮して、部屋を貸すことにしたのだろう。

気さくな甲斐氏は寮の住人たちともすぐに打ち解け、息抜きと称して古いトランプを用いたマジックを見せてくれた。

『早乙女くんが選んだカードは――これだね?』

『うわぁ、当たった! どうしてわかったんですか?』

『それは秘密。と言いたいところだけど、これくらいのタネなら教えてあげるよ。初心者向けだし、何度かやってみればコツがつかめる』

『ぜひご教授願います。正月に田舎に帰ったとき、ばあちゃんに見てもらおう』

『早乙女。祖母孝行はいいが、あまりのめりこむなよ。おまえは何かに集中しすぎるとすぐにほかのことを忘れるからな』

『わ、わかっていますよシェフ……』

寮でなごやかなひとときを過ごしつつ、時間は刻々と進み続ける。

紗良はそれからも引き続きシュトレンを焼き、同時進行で来月から販売する予定の、薔薇酵母《こうぼ》を使ったブールの最終調整に入った。同級生の秋葉からアドバイスをもらったパンは、ひと月を費やしてようやく完成にこぎつけようとしている。

(いつか秋葉くんにも食べてもらえるかな)

忙しくも充実した日々は楽しく、一日があっという間に過ぎていく。

そして気づけば、クリスマスまであと数日になっていた。

「高瀬姪《めい》、これを二〇五号室に運んでくれ」

「ルームサービスですね。わかりました」

土曜日の午後、紗良は隼介から軽食を載せた銀盆を受けとった。ガラスのフードカバーの中では、小ぶりのシュリンプカクテルやバゲットを使ったカナッペが、お皿に盛りつけられている。きっとワインのおつまみなのだろう。

「それでは失礼いたします」

二階の客室に注文品を届け、紗良は厨房に戻るために階段を下りはじめた。

ふと見れば、ロビーのソファに腰かけ手続きを待つ老夫婦に、甲斐氏がコインを使った手品を披露していた。土日は会社が休みだが、ずっと練習をしているのは息が詰まるそうで、気分転換のためにときおり館内に出没している。

彼が身に着けているのは黒いシルクハットに、欧米でアグリー・クリスマス・セーターと呼ばれている、悪趣味な……いや、色とりどりでにぎやかな印象のニットである。赤地に雪だるまやサンタクロース、ツリーなどの絵柄を編みこんだセーターは、シルクハットと合わせると非常に珍妙で、一度見たら忘れられない。

甲斐氏曰《いわ》く「自分の存在でお客さんを楽しませて、明るい気持ちになってもらいたいから」とのことで、あえてあのような目立つ格好をしている。甲斐氏が消えたはずのコインをふたたび出現させると、夫婦は惜しみのない拍手を送った。

（あのご夫婦、とても楽しそう。甲斐さんのおかげね）

踊り場で立ち止まり、微笑ましい光景を見守っていたときだった。チャコールグレーのスーツを身にまとった男性が、玄関から甲斐氏のほうへと近づいていく。

甲斐氏と同い年くらいに見える彼は、背後からいきなり相手の肩をつかんだ。

ふり向いた甲斐氏の表情はここからは見えなかったが、その動きからしてかなり驚いているようだ。知り合いだろうか？

（それにしてはやけに険悪な雰囲気だけど……）

彼らは何やら会話をしているが、この位置からだと声までは聞きとれない。

厨房に戻るにはふたりの前を通らなければならなかったので、静かに階段を下りた紗良は、できるだけ気配を消してロビーを横切ろうとした。

そのとき、甲斐氏と対峙《たいじ》している男性の声が耳に入ってしまう。

「まさか五年もたってから、この世界に戻ってくるとはな」

「戻る気はない。代役を頼まれただけで、舞台に立つのは今回だけだ」

「それでまた逃げるのか？　師匠が亡くなったときと同じように」

衝撃的な言葉に、紗良は反射的に彼らのほうに視線を向けてしまった。

痛いところを突かれたのか、甲斐氏は何も言わずに目を伏せた。唇を噛《か》む彼を見て鼻を鳴らした男性は、怒りに満ちた表情で続ける。

「そんな腰抜けが一番弟子だったなんて、師匠もあの世で嘆いているだろうよ。そういえばあんた、近所のバーでマジックのバイトをしているんだってな」

「どうしてそれを」

「ちょっと調べたらすぐにわかったよ。意外と好評みたいじゃないか。それで満足か？」

「…………」

「プロに戻る気はないくせに、マジックは続けるのか。趣味として？　ふざけるな」

「…………」

「やめるなら潔《いさぎよ》く、すべてを捨てればいいだろ。中途半端で腹が立つんだよ！」

叩きつけるように言葉をぶつけた男性は、それだけ言うと甲斐氏に背を向け、ホテルから出て行ってしまった。残された甲斐氏はややあって我に返ると、「失礼しました」と頭を下げて、気まずそうにロビーをあとにする。

その姿にいつものようなユーモアや余裕はなく、背中がとてもさびしげに見えた。


「少し詮索しちゃった。甲斐さんの過去」

「え？」

ロビーでの騒動から三十分後。

休憩室で紗良がお茶を飲んでいると、ソファに座ってふくらはぎを揉《も》んでいた小夏が話をふってきた。首をかしげる紗良に、小夏はマッサージをやめて続ける。

「さっき、甲斐さんに男の人が会いに来てたでしょ。あのときロビーの隅《すみ》に私もいたんだよね。なんか気になっちゃって、軽く調べてみたんだ」

「もうわかったんですか？」

「いまどきはネットで検索すれば、だいたいのことはわかっちゃうんだよ。褒められたことじゃないから、他言無用でお願いね」

「もちろんです」

ここには自分たち以外は誰もいない。うなずくと、ソファに座り直した小夏が言う。

「甲斐さんって、五年前までは名が知れたプロのマジシャンだったみたい。私は詳しくないんだけど、テレビにも何回か出たことがあるらしいよ」

「そんなに有名な方だったんですか」

「ショーの依頼もあちこちから殺到してて、すごい売れっ子だったんだね。でもあるとき急に、その世界から忽然《こつぜん》と姿を消しちゃったんだって」

（そういえば、要さんがそんな話をしていたっけ……）

「このまえ小夏さんが連れて行ってくださったバーのマスター、甲斐さんのお友だちなんです。あの方は、甲斐さんがやめた理由を言いたくなさそうでした」

「友だちならそうなるだろうね。だからここだけの話にしておいて。甲斐さんがやめる少し前に、若いころから師事してたマジシャンが亡くなったんだよ」

　紗良は小さく息を飲んだ。

「甲斐さんのお師匠さま?」

「そのお師匠さんが、ショーでやる予定だった大がかりなマジックの練習中に、頭かどこかを打って怪我《けが》をしたんだって。それでその傷がもとで亡くなったと」

　痛ましい話に、胸が苦しくなる。自分にも尊敬する師匠がいるし、負傷はしていないが病気にはなったから、他人事《ひとごと》だとは思えない。

「それはお気の毒でしたね……」

「甲斐さんが業界から去ったのは、普通に考えればお師匠さんの死がショックだったからなんだけど」

「違うんですか?」

　首をかしげると、小夏は少し声を落とし、言いにくそうに続けた。

「ネットの一部ではその……甲斐さんが意図的に事故を起こしたんじゃないかって噂もあるんだよ」

「ええっ⁉」

「お師匠さんもその界隈では有名な人だったからね。どれだけ頑張っても、その人が現役である限り、甲斐さんは勝てそうにない。だから次第にお師匠さんを邪魔だと感じるようになっていって……とかいう悪質な妄想」

「そんな。いくらなんでもひどすぎます！」

　仰天した紗良は、怒りのあまり思わず小夏に詰め寄った。

「あ、すみません……。小夏さんは関係ないのに」

「腹が立つ気持ちはわかるよ。気にしないで」

「でもそんなデマが流れているなんて……。名誉毀損《きそん》になりませんか？」

「どうだろう。訴えれば勝てるのかもしれないけど、いまのところは放置されてるね」

　小夏は苦々しい表情でため息をつく。

「この件、ニュースじゃ事故だったたって断定されてるんだよ。警察がちゃんと捜査して結論を出したんだから、それが事実でしょ。でもネットじゃ真偽なんて関係なくて、なんでも好き勝手に書きこめるし、いつまでも残るから怖いよね」

「そう、ですね……」

　室内に重たい沈黙が流れた。

「甲斐さんはその噂をご存じなんでしょうか?」

「うーん。たぶん知ってるんじゃないかな。ちょっと調べたらすぐに出てくるし、一度書きこまれたら消すのもむずかしいしね。まあそういうわけで、甲斐さんがプロをやめた理由は、そのあたりに関係しているんだと思う」

　話を聞き終えた紗良は、ティーカップに口をつけた。すっかり冷えてしまった紅茶が喉《のど》を潤していく。

（さっき甲斐さんと話していた人は、プロだったころの知り合いよね）

　会話の内容からして、いまはともかく、昔は親しい間柄だったのではないかと思う。厳しい言葉を投げつけていたが、まさか彼は根も葉もない噂のほうを信じて、公演などさせるものかと、甲斐氏を攻撃しに来たのだろうか?

　しかしそう考えると、何か違和感がある。腑《ふ》に落ちないとでも言うべきか。

　明確な答えを導き出すことができず、紗良は悶々《もんもん》とした気持ちをかかえたまま休憩室をあとにした。従業員用の廊下には大きな窓があり、その向こうにはイングリッシュガーデンが広がっている。

どんよりとした曇《くも》り空の下、ベンチに誰かが腰かけている。

寒そうだと思った瞬間、紗良は窓辺にへばりついた。あのスーツは……。

（いま外に出たら、天宮《あまみや》さんに叱《しか》られる。でも）

遅刻と叱責を覚悟した紗良は、外に通じるドアをめざして走り出した。

──まさかこんなところであいつに遭遇するなんて。

従業員寮に戻った甲斐は、自室に入るとベッドの上に腰を下ろした。手にしていたシルクハットを横に置き、ごろりとあおむけになる。

『プロに戻る気はないくせに、マジックは続けるのか』

さきほどぶつけられた言葉が、頭の中で再生される。

たしかに彼──新堀卓也《しんぼりたくや》が言っていた通り、あの世界から逃げ出した自分が、いまもマジックを続けているなど滑稽《こっけい》だ。やめるならすべてを捨てろと言った新堀の気持ちも理解できるし、彼の苛立《いらだ》ちも嫌というほど伝わってきた。

「五年ぶりか。やっぱりちょっと老けたかな。人のことは言えないけど」

まぶたを閉じた甲斐は、久々に再会した弟弟子の顔を思い浮かべる。

甲斐が亡き師匠の舞台をはじめて観たのは、まだ小学生のころだった。

きらびやかな舞台で次々と起こる不思議な光景は、幼い自分にとってはまさに魔法。いつかは自分も彼のようなマジシャンになり、一座に加えてもらっていろいろな場所で公演をしてみたい。そんな夢を抱いた。

ほかの同級生はスポーツ選手や宇宙飛行士にあこがれていたが、甲斐はマジシャンになれる方法を探して、その手の本を読みあさった。中学に入ってからは、師匠に宛てて弟子入りを志願する手紙を何通も送った。師匠はあまり弟子をとらない人で、はじめのころは相手にされなかったのだが、それでもしつこく送り続けた。

そんな日々に変化が起きたのは、高二になったときのこと。

何度断られてもあきらめない、そんな粘り強さと熱意が通じたのか、ついに「高校を卒業したら迎え入れる」と返事が来たのだ。のちに師匠が言うには、甲斐が自分と同郷の出身であったことも心を動かす要因になったらしい。

――これで夢に一歩近づいた……！

親からは大学へ行けと言われて揉めたが、最終的には自分の意志を貫き通し、新潟から上京して師匠の一座に身を寄せた。新堀も甲斐と似たような経歴の持ち主なのだが、彼はひとつ年下なので、弟子入りも一年あとのことだった。

『まさかこんな短期間に、ふたりも弟子をとることになるとはな』

当時、すでに還暦《かんれき》が近かった師匠は、若い弟子たちにこう言った。

『身近に競い合える存在がいるということは、とても幸せなことだと私は思う。ただし互いを妬《ねた》み足の引っ張り合いをするような関係では、成長は見込めない。ともに技術を磨いて高みをめざす……そんなライバル同士になりなさい』

新堀は実家の家族と仲がよくなかったらしく、師匠を実の父のように慕っていた。甲斐のことも「兄さん」と呼び、ライバルであると同時に、兄弟でもあり親友でもあるという関係を築いていたのだが……。

ふいにざらりとした舌で顔を舐められて、甲斐ははっと目を開いた。

なぜか周囲は真っ暗で、軽く混乱する。目が慣れると、すでに日が暮れていることに気がついた。昔を思い出しているうちに眠ってしまっていたらしい。かたわらには愛猫《あいびょう》の万福が座っており、こちらをじっと見下ろしている。

上半身を起こすと、万福は待っていましたとばかりに催促の声をあげた。

「もうエサの時間か……。すぐに用意するから」

ベッドから下りた甲斐は、まず部屋の電気をつけた。荷物の中からキャットフードの袋をとり出し、専用の食器に入れると、万福はすぐにがっつきはじめる。

「そんなに腹が減ってたのか？」

時間を確認した甲斐は、すでに二十一時近いことを知ってぎょっとする。六時間以上も眠っていたのか。万福も空腹になるはずだ。ここしばらく会社で仕事をしてからマジックの練習をしていたので、思った以上に体が疲れていたのかもしれない。

キャットフードを一粒残らず平らげた万福は、ふたたびベッドの上に飛び乗ると、のんびり毛づくろいをはじめた。満足そうでほっとする。

万福はもともと師匠が飼っていた愛猫だ。師匠が亡くなり甲斐が一座を抜けるとき、自分が代わりに世話をしようと思って引きとった。甲斐が持っているシルクハットと古いトランプも、もとをたどれば師匠の持ち物。はじめての単独公演が決まったとき、記念として贈られた品で、いまでは形見になってしまった。

(練習……しないとな)

この時間なら、宿泊客の夕食は終わっている。食堂も空いているはずだ。

甲斐は自分が身に着けていたセーターに目を落とすと、苦笑してベッドの上に脱ぎ捨てた。いまは明るい気分になれないのに、こんな服を着ているなんて滑稽でしかない。

無地のセーターに着替えてから、寝ている間に乱れた髪をとかして結び直す。それから必要な道具をバッグに入れて、部屋を出た。

新堀に何を言われようとも、今回の依頼を受けたのはほかでもない自分だ。雑な仕事をして猫番館に迷惑をかけるわけにはいかないし、イベントは絶対に成功させなければ。

寮をあとにした甲斐は、従業員用の出入り口からホテルに入った。

厨房のドアには窓がついており、そこから明かりが漏れている。いまは夕食の片づけをしているのだろう。隣は食堂で、いまは使われていない立派な暖炉《だんろ》や、磨きこまれたグランドピアノ、そして食事用のテーブルが十卓ほど置かれている。

食堂には大柄な料理長がいた。どうやらテーブルクロスを回収しているらしい。

「甲斐さん、今夜もこちらで練習ですか」

「ええ。シェフは何を?」

「注文していた新しいクロスが届いたので、入れ替えているんです。いま使っているのが古くなってきましたから」

「よかったら手伝いますよ。ふたりでやればはやく終わるし」

軽く目を見開いた料理長は、「助かります」と言ってかすかに微笑んだ。

定期的にクリーニングに出していても、何年も使い続けていれば、クロスには消えない黄ばみや黒ずみが目立ってくる。料理長から渡された新品のクロスは、すがすがしいほど真っ白で、糊《のり》付けもされてぱりっとしていた。

「ご協力ありがとうございました」

すべてのテーブルクロスをかけ替えると、料理長は古いクロスを載せた台車を押して食堂から出て行った。甲斐は純白のテーブルに囲まれながら、さっそく荷物の中からマジックの道具をとり出して、練習をはじめる。

しかし――

「……？」

ステッキを握り締めながら、甲斐は眉間《みけん》にしわを寄せた。

いつものように練習していたのだが、なぜか今日はひとつたりともうまくいかない。口上のキレは悪く、タイミングも合わないうえ、動きもぎこちなかった。

(調子が出ないのは、やっぱり昼間のことがあったからか……)

マジックを成功させるためには、観客の視線や意識を誘導し、見られてはならないもの――つまりトリックから注意をそらす必要がある。この手法をミスディレクションと呼び、世のマジックはおおむね、これを応用してつくられていた。

観客に怪しまれることなく、自分の思ったところに注意を引きつけ、その間にすり替えなどの仕掛けを作動させる。もたもたしていてはいけない。できるだけスマートに、自然な動きで行わなければ気づかれてしまう。

子どものころに見た師匠のマジックも、ミスディレクションを筆頭に、あらゆるテクニックを駆使していたのだろう。誰もが一流と認める人は、その動きもまさに神がかり。だから自分の目には、すごい力を持った魔術師《マジシャン》のように見えたのだ。

（いまの僕を師匠が見たら、情けないって一喝《いっかつ》するかもしれないな）

師匠は五年前、練習中の事故で負った怪我がもとでこの世を去った。

一座の舞台は演劇風のイリュージョンで、セットも凝っていた。その日の舞台には階段のセットがあり、その仕掛けを点検しているとき、師匠が足を踏みはずして転がり落ちてしまったのだ。打ったのが頭でなかったら、いまでも元気だったかもしれないのに。

倒れている師匠を見たとき、甲斐の全身から血の気が引いた。なぜなら。

『忙しそうだな。何か手伝おう』

『え、いいんですか？　それじゃ、あそこの階段の仕掛けがちゃんと動くかを確認していただけますか。僕は別のところを点検しないといけなくて』

『わかった。まかせておけ』

あんなことさえ頼まなければと、何度後悔したかしれない。

師匠を亡くしてから、甲斐は自責の念でマジックができなくなった。事情を知った一座の人々は、裏方でもいいから残ってほしいと言ってくれたが、甲斐は逃げるようにして業界から去ったのだった。

横浜で再就職先を見つけた甲斐は、その後はしばらくマジックとは無縁な日々を過ごした。しかし二年、三年と時がたつにつれ、少しずつ恋しく感じるようになっていく。そして自宅でふたたび腕を磨きはじめ、今年に入ってバーを経営している友人から相談を受けたことで、その技術を披露することを決めたのだった。

（やっぱり中途半端に再開するべきじゃなかったのか……）

天井をあおいだとき、厨房につながるドアが開いた。視線を向けると、こちらをのぞいているパン職人の女性と目が合う。彼女もまだ働いていたのか。

「甲斐さん、お疲れさまです。少し休憩しませんか？」

「休憩……」

つぶやいたとたんに、腹が大きな音で鳴り響いた。そういえば万福のエサは用意したのに、自分は昼から何も食べていない。

「えっ！　夕食をとられていないんですか？　それは大変」

そう言って、彼女はさっと厨房に引っこんだ。かと思いきやふたたび顔を出す。

「あの、何か食品アレルギーなどはありますか？」

「いや……特には」

「承知しました。少しお待ちくださいね」

自覚したとたんにくらくらしてきて、甲斐は手近な椅子《いす》を引いて腰を下ろした。もしかして、調子が悪かったのは空腹だったせいでもあるのだろうか？

「お待たせしました！」

しばらく待っていると、パン職人の彼女がお盆を手に近づいてきた。かけ替えたばかりの白いテーブルクロスの上にギンガムチェックのランチョンマットを敷き、湯気立つスープ皿と、薄く切り分けた二枚のパンが載った食器を置いていく。

「これは……」

「シュトレンです。いま厨房に残っているパンがこれだけでして」

彼女は丁寧に解説してくれた。

「ナッツとドライフルーツがぎっしり詰まっていますから、栄養もあります。少しあたためてクリームチーズを載せてみました。こういった食べ方もおいしいですよ」

「へえ」

「こちらは厨房名物賄《まかな》いスープ……要は残り物を煮込んだものなんですけど、プロの料理人が手がけたので、味は最高です。今回は甲斐さんのために、さきほど天宮さんが特別につくってくださいました」

「テーブルクロスのお礼ということですが、何かされたんですか？」

料理長の心遣いに、甲斐の口元が自然とゆるんだ。「いただきます」と言って、ほのかにあたたかいシュトレンにかじりつく。

彼女がつくったそれは、生地がしっとりしていて、ドライフルーツの甘みが引き立っていた。香ばしいナッツはざくざくとした食感が心地よく、クリームチーズを加えることでまろやかな味わいになっている。スパイスも入っているようで、ほのかにシナモンの風味が感じられ、味に深みを出していた。

スープはいろいろな野菜を細かく刻み、トマト味でまとめたミネストローネだ。金時豆やひよこ豆、ソーセージのかけらなども入っているから具だくさんで、栄養もたっぷりとれそうだ。賄い料理だそうだが、お客に出してもなんら問題ないと思う。

「ふう……」

シュトレンとスープを平らげた甲斐は、満ち足りた気持ちでスプーンを置いた。食器が空になったところを見計らって、パン職人の女性が食後のお茶を持ってきてくれる。

「なんだか宿泊客になった気分だよ。僕はどちらかと言えばスタッフ側の人間なのに」

「これも賄いの一種だということにしておいてください」

「あのシェフが？」

空腹が満たされたおかげなのか、甲斐の心はすっかりおだやかになっていた。やはり人間、じゅうぶんな食事をとらなければ、心身ともに弱ってしまう。

紅茶の香りを楽しんでいると、「あの」と遠慮がちに声をかけられる。

「わたし、昼間に新堀さんとお話ししました」

「え……」

動きを止めた甲斐に、彼女は「勝手なことをして申しわけありません」と言う。

「ロビーで甲斐さんと別れたあの方が、イングリッシュガーデンにいらっしゃるところをお見かけしたんです。それで話しかけたら、いくつかの事情を教えていただいて……。差し出がましい真似をしてしまいました」

「いや……。それで、あいつは何か言っていた？」

事情を知られたのなら、それはそれでかまわない。ネットには口さがない好き勝手な噂が書き連ねられていることも知っていたが、放置している。自分の言葉が、師匠の事故のきっかけになってしまったことは事実だからだ。

師匠の運が悪かった、おまえに責任はないのだと言われても、胸の奥に積もったこの澱《おり》が消えることはないだろう。

「実は……甲斐さんに伝えておいてほしいと頼まれたことがありまして」

自分の表情がこわばったのを感じる。五年ぶりに会った新堀は、自分にどんなメッセージを残したのだろう。勝手に一座を抜けたことに対する怒りか、中途半端にマジックを続けている甲斐への侮蔑《ぶべつ》か、それとも……。

緊張に身をかたくする甲斐に向けて、彼女はゆっくりと口を開いた。

「新堀さんは、甲斐さんがまたマジックをはじめたことを、本当はとてもよろこんでいらしたんです。お師匠さまの死で道具を見ることすらつらそうだったのに、そこまで立ち直ることができたのかと」

意外な言葉に、甲斐は目をしばたたかせた。あの新堀がそんなことを？

「甲斐さんが猫番館でショーをすることは偶然知ったそうですが、気になるあまり仕事を切り上げて、会場となるこのホテルに来てしまったとおっしゃっていました」

「でもあいつ、僕と会ったときは怒っていたけど……」

「それはですね。ついにマジックを再開したのに、甲斐さんが新堀さんに連絡ひとつしなかったことに対してだそうです。さらにプロの世界に戻る気はないという甲斐さんの意思を知って、火に油がそそがれてしまったと」

「……なるほど」

「あのときはカッとなって言い過ぎてしまったと、落ちこんでいらっしゃいましたよ」

その様子を想像して、苦笑が漏れる。そうだ。あいつはそういう奴だった。

「いろいろ申し上げましたが……新堀さんから頼まれたメッセージはひとつです。『また昔のように競い合いたい』」

「――――」

「その日が来ることを信じて、いつまでも待つとのことですよ」

にっこり笑った彼女が、弟弟子の笑顔と重なった。


そして時が過ぎ、十二月二十四日。マジックショーの本番が三十分後に迫ったとき、紗良は小休憩を利用して、近くにある甲斐氏の控え室をたずねた。

「ああ、高瀬さん！　来てくれたのか」

ドアが開くと、本番用の衣装に着替えた甲斐氏が迎えてくれる。

「素敵な衣装ですね。シルクハットもお似合いです」

「このホテルでこれをかぶっていたときは、変なセーターばかり着ていたからね。やっとふさわしい格好ができるって、こいつもよろこんでいると思うよ」

今日の甲斐氏はそのシルクハットによく似合う、仕立てのよさそうな燕尾服《えんび》に身を包んでいた。マントもつけているから、いかにもマジシャンといった風体だ。クラシカルな衣装は猫番館にも釣り合っており、とても格好よく見える。

「マントは雰囲気を出すためにもいいんだけど、いろいろタネが仕込めるから便利なんだよね。内ポケットを増設したり、袖口を改造したりもするし。だからあんまり薄着のマジシャンはいないだろ?」

「ああ、たしかに!」

紗良がうなずくと、甲斐氏はおもむろにシルクハットをとった。中に手を入れたかと思うと、そこから一羽の白い鳩が飛び出してくる!

バサバサと室内を飛び回った鳩は、やがて甲斐氏の右肩に止まった。

「驚かせてすまないね。この子は現役時代のころから調教している銀鳩だよ。舞台は久しぶりなんだけど、一緒に出演したいと思って」

「本格的ですね……!」

「公演、高瀬さんは観られないの?」

「仕事をさぼるようなことをしたら即、料理長の雷が落ちます……。でも要さんが動画撮影をしてくださるそうなので、あとで映像を観させていただきますね」

「そうか。映像が残るならあいつにも送ってみようかな。本当は生で観てもらいたかったけど。――――おっと、そろそろスタンバイの時間だ」

鳩をふたたびシルクハットに入れた甲斐氏は、道具を入れたバッグを手にして部屋を出た。会場に向かおうとする彼を、紗良は笑顔で送り出す。

「ショーが成功するよう祈っています。お気をつけて行ってらっしゃいませ」

「ありがとう。高瀬さん、いいクリスマスを！」

「甲斐さんも」

最後に得意のウインクを披露して、甲斐氏は堂々とした足取りで去っていく。

その後ろ姿を見つめながら、紗良はショーがはじまった瞬間の会場の様子を想像した。満を持してあらわれた魔術師《マジシャン》は、きっとすぐに気づくだろう。ホテル猫番館が彼のために用意した、とっておきの「贈り物」を。

ポケットからスマホをとり出した紗良は、教えられた番号に電話をかけた。

「あ、新堀さんですか？　そろそろショーがはじまります。お名前を告げていただければ会場に入れる手筈《てはず》になっておりますので、よろしくお願いいたします」

電話を切った紗良は、口元に笑みをたたえてつぶやいた。

「メリー・クリスマス」

Tea Time

四杯目

　その日の夜、わたしは従業員寮の二階にある小夏《こなつ》さんの部屋で、紗良《さら》さんと一緒に恒例の女子会に参加しておりました。

「あーあ、今年もクリスマスは仕事かぁ。ま、彼氏いないからいいけど」

「わたしは専門学校を卒業してから、毎年のことですよ」

「紗良ちゃん、今度一緒に街コンにでも行かない？」

「まちこん？　なんですかそれ？」

「いや待てよ。そんなところに連れて行ったら、要《かなめ》さんに笑顔でいびり倒されそう」

「な、なんで要さんが出てくるんですか」

　ローテーブルの上にはお酒やジュースが入ったグラスと、おつまみやお菓子が大量に盛られたお皿が置いてあります。小夏さんと紗良さんはゆるい部屋着姿で、ファッションや恋愛話、人気のカフェの情報など、可愛《かわい》らしい話題で盛り上がっています。

わたしは猫なので、彼女たちと会話をかわすことはできません。話を聞いているだけでも楽しいですが、やはりたまには参加してみたいとも思っています。そんなわたしの気持ちを察してくれているのか、彼女たちはわたしがこの部屋に入りたそうにしていると、いつも笑顔で仲間に入れてくださるのです。

「あ、もうこんな時間だ。そろそろお開きにしよっか」

「明日も仕事ですからね」

「マダムも気が向いたらまた来てねー」

小夏さんの部屋を出たわたしは、階段を使って一階に下りました。

共用のリビングはまだしも、男性スタッフの部屋が集まるエリアは、清浄で美しい二階とはまったく違ったむさくるしい空気に満ちています。別に汚らしいというわけでもないし、変な臭《にお》いがするというわけでもないのですが、わたしのイメージがそう見せているだけのことなのでしょうか？

わたしがメインで使っている寝床は、下僕こと要の部屋にあります。

要が室内にいるときは、わたしのために少しだけ、出入り口のドアに隙間《すきま》がつくられています。今夜はなんだか室内がさわがしいような気がするのですが、もしやこちらでも飲み会が行われているのでしょうか。

おそるおそる中に入ると、そこで繰り広げられていたのは――

「これでどうだ！　奇跡のスリーカード！」

ラグマットの上に立て膝《ひざ》をついた早乙女《さおとめ》さんが、自信に満ちあふれた表情で五枚のカードを叩きつけました。

ベッドの上には期間限定の住人である甲斐《かい》さんが悠然と腰かけており、鼻息が荒い早乙女さんの正面では、涼しい顔をした要があぐらをかいています。場に出されたカードの並びから、彼らがポーカーをやっているのが見てとれました。どうやらいまは、ラウンドが終わって手札を公開するショーダウンに差しかかっているようです。

「早乙女さん、惜しいなぁ。俺はこの通り、ストレートでしたよ」

「げっ！」

「僕はフラッシュでいかせてもらおうかな」

「はあぁ!?」

目を剝《む》いた早乙女さんは、がっくりとその場に崩れ落ちました。それなりに強い役ができていたのに、ボコボコに叩きのめされてしまったのです。無理もありません。

「ああ、マダム！　聞いてくれよ」

わたしの存在に気づいた早乙女さんは、助けを求めて抱きついてきました。

「この人たちひどいんだよ。さっきからイカサマばっかりやっていじめてくるんだ」

「人聞きが悪いですね。イカサマなんてしていませんよ?」

「うん。正々堂々とした勝負だ」

ふたりはさわやかな笑顔で答えます。なんて白々しいのでしょう……。

とにかく、善良な住人をイカサマ師たちの魔の手から守ってあげなければ。わたしが勇敢にも立ち向かおうとしたときでした。

いきなりドアが開いたかと思うと、そこには鬼のような形相をした料理長の隼介《しゅんすけ》さんが立っていました。彼は室内の三人をギロリとにらみつけると、やおら口を開きます。

「寮則第七条、深夜は騒がない!」

「イエッサー!」

鬼軍曹のごとき迫力に、立ち上がった三人はびしっと敬礼をしました。たったひとにらみで、曲者《くせもの》たちを黙らせてしまうとはさすがです。

隼介さんと早乙女さん、そして甲斐さんが自分の部屋に戻ってから、要は「今夜は一緒に寝ない?」とわたしを誘惑してきました。はじめはそうするつもりでしたが、早乙女さんをいじめた罰として、下僕にはひとりさびしく一夜を過ごす刑を科します。

さて……。今夜はどなたの部屋にお邪魔させてもらいましょうか。

Check Out

ことの終わり

十二月二十五日、深夜——

日付が変わる少し前、ホテル猫番館《ねこばんかん》のロビーにあらわれたのは赤い服を着たサンタクロース……ではなく、ねずみ色の作業着に身を包んだ紗良《さら》と隼介《しゅんすけ》だった。

「なんだか夢がないですね」

「夢を見るのはお客であって、俺たちじゃないからな」

紗良と隼介に課された仕事は、ロビーに置かれたクリスマスツリー、並びに関連する飾りつけの撤去である。無事に役目を終えた飾りたちは、隼介が運んできた台車で地下の倉庫に戻され、そこでまた一年、眠りにつくことになるのだ。

それまでクリスマスムード一色だったのに、一夜が明けるとがらりと年末年始の雰囲気に様変わりしてしまうのは、情緒に欠けるが潔《いさぎよ》い。このホテルは西洋館なので、旅館のように純和風の門松や注連縄《しめなわ》を飾るわけにはいかないのだけれど。

「お正月はこんな飾りをつけるんですね。可愛《かわい》い」

「ホテルの雰囲気を壊さないものを選んで、オーナーが買ってきたと聞いたな」

台車の上には、色あざやかな造花を使った洋風の注連飾りや、和洋折衷《せっちゅう》のみごとなアレンジメントが載っている。西洋館といえども季節感は重要。まったく無視した飾りつけにするわけにはいかないのだ。

撤去作業に紗良と隼介が選ばれたのは、「寮住まいで翌日が休み」という条件に合致したからだった。さほど大がかりなものではないので、設置も撤去もスタッフの中から数人が選出されている。もちろん特別手当は出るから、きっちり仕事をしなければ。

この時間、ロビーの照明はフロント以外落とされているが、いまは作業のためにつけたままになっている。フロントのほうに視線を向ければ、カウンターの内側には夜勤中の要《かなめ》が立っていた。紗良と目が合うと、営業スマイルで優雅に片手をふってくる。

(夜勤も大変よね。朝まで起きていないといけないし)

「おい、何をボケっとしている。さっさと終わらせて帰るぞ」

「はっ！　了解です」

我に返った紗良は、隼介と協力してツリーの撤去にとりかかった。まずはきらびやかなオーナメントをひとつひとつはずし、箱の中に入れていく。

作業に没頭していると、ふいに隼介が話しかけてきた。

「そういえば、何日か前に秋葉《あきば》から連絡があったぞ」

「えっ！　わたしには一度もないのに」

紗良は思わず声をあげてしまう。

先月、猫番館で調理助手のアルバイトをしていた彼は、隼介から紹介されたビストロの面接に無事合格した。専属パン職人として雇われ、現在もそのお店で忙しく働いているそうだ。再就職できたのはよろこばしいことだけれど、隼介には連絡しているのに紗良は無視というのは、なんだか悲しい。

しょんぼりする紗良を不憫《ふびん》に思ったのか、隼介が言う。

「まあ、あいつにもいろいろ心の整理ってものがある。気長に待ってやれ」

「そんなものでしょうか」

「なんだったら、新商品は俺から送ってみるが」

「いいんですか？　お願いします」

秋葉のおかげで完成した薔薇酵母《ばらこうぼ》のブールは、キリよく一月一日から売り出すことが決まった。黒糖くるみあんパンに並ぶヒット作に成長すれば、いつかは自分の一押しである山型のイギリスパンが売り出せるかもしれない。希望がふくらむ。

その後は黙々と片づけを行い、ツリーを撤去した紗良たちは、続けて洋風の注連飾りやアレンジメントを指定の場所に設置していった。

「これはフロントだな。頼む」

「はい」

隼介から受けとったのは、バスケットに入った豪華なアレンジメントだ。朱色の薔薇とピンク色の華やかな葉牡丹《はぼたん》を中心に、お正月の定番である松や、小さな赤い実がついた千両《せんりょう》、しなやかで存在感のある銀柳《ぎんやなぎ》などがあしらわれている。

バスケットを持ってフロントに行くと、椅子《いす》に座って書類を見ていた要が、おもむろに顔を上げた。

「こちらフロント用なんですけど、どこに飾ればいいですか?」

「そうだなぁ。それくらいの大きさだと……」

要の指示に従って、紗良はバスケットをカウンターの上に置く。周囲がぱっと明るくなり、おめでたい雰囲気に変化した。

「うん、いいね。色合いもきれいだし」

「オーナーのセンスはさすがですね」

「つくったのは花屋だから、そっちを褒めないと。オーナーは選んだだけだよ」

「もちろんお花屋さんの技術も素晴らしいですけど、猫番館にぴったりのものを選べるオーナーの審美眼も見習いたいです」

「紗良さんは誰かを褒めるのが上手だね。ホテリエに向いている」

優しく微笑《ほほえ》んだ要は、紗良の作業着をじっと見つめた。

「それ、借りたの？　サイズが少し大きいね」

「倉庫にちょうどいいものがなくて。きついよりはましです」

「ガテン系も悪くはないけど、せっかくのクリスマスなのになぁ。できることなら紗良さんの可愛いコスプレ姿が見たかった。ミニスカサンタとか」

「まだそんなこと言っているんですか。未来永劫着ませんから、いいかげんにあきらめてください」

残念そうに肩をすくめた要は、「だったら」と続ける。

「着物はどう？　紗良さん、けっこう持っていそうな気がする」

「たしかにありますけど、就職するときぜんぶ実家に置いてきましたよ。あれはわたしが自分で買ったわけではなく、祖父母と両親があつらえてくれたものなので」

「でも、紗良さんのために買ってくれたものには違いないだろ。もうすぐお正月だし、紗良さんの着物姿、一度でいいから見てみたいな」

「う……」

「ミニスカサンタよりはまともなお願いだと思うけど、どう？」

もしや彼は、本当はこれが目的だったのではないだろうか。はじめに無理難題をふっかけて断らせ、次に現実的な頼みをする。一度断った手前、次は拒絶しにくくなってしまうという、有名な心理テクニックではないか。

（ま、またしてもやられた……）

しかし、不思議と嫌な気がしない。それどころか、頭の中でどの着物がいいかと悩んでいる自分に驚く。悔しいけれど、それもまた流れというものなのかもしれない。

——たしか要さんは、青が好きだったはず。

そんなことを考えながら、紗良は少しずつ近づいてくる新年に思いを馳《は》せた。

※この作品はフィクションです。実在の人物・団体・事件などにはいっさい関係ありません。

集英社オレンジ文庫をお買い上げいただき、ありがとうございます。
ご意見・ご感想をお待ちしております。

● あて先
〒101-8050　東京都千代田区一ツ橋2-5-10
集英社オレンジ文庫編集部 気付
小湊悠貴先生

ホテルクラシカル猫番館
横浜山手のパン職人《ブーランジェール》3

集英社
オレンジ文庫

2020年10月26日　第1刷発行
2022年10月 9 日　第3刷発行

著　者　小湊悠貴
発行者　今井孝昭
発行所　株式会社集英社
〒101-8050東京都千代田区一ツ橋2-5-10
電話【編集部】03-3230-6352
【読者係】03-3230-6080
【販売部】03-3230-6393（書店専用）
印刷所　凸版印刷株式会社

ISBN 978-4-08-680345-8 C0193